이일훈의
상상어장

想

像

語

場

이일훈의 상상어장

초판 1쇄 발행 2017년 3월 5일 **초판 1쇄 발행** 2017년 3월 10일

지은이 이일훈 **펴낸이** 이영선 **편집 이사** 강영선 **주간** 김선정 **편집장** 김문정
편집 임경훈 김종훈 하선정 유선 **디자인** 김회량 정경아
마케팅 김일신 이호석 김연수 **관리** 박정래 손미경 김동욱

펴낸곳 서해문집 **출판등록** 1989년 3월 16일(제406-2005-000047호)
주소 경기도 파주시 광인사길 217(파주출판도시) **전화** (031)955-7470 **팩스** (031)955-7469
홈페이지 www.booksea.co.kr **이메일** shmj21@hanmail.net

이일훈 © 2017
ISBN 978-89-7483-835-5 03810
값 15,000원

이 도서의 국립중앙도서관 출판시도서목록(CIP)은 e-CIP 홈페이지(http://www.nl.go.kr/ecip)에서
이용하실 수 있습니다.(CIP제어번호: CIP2017004443)

이 일 훈 의

상 자

여 자

서해문집

무수한 간판·광고·공고·안내문·표지판·현수막… 등은
내용·형태·크기·색상·재료는 제각각이지만 목적은 다 같이 메시지
전달이다. 절규하는 간판, 속삭이는 그림말, 현판은 으스대고, 현수막은
읍소한다. 전단지는 애걸복걸, 안내문은 통보, 주의 표시는 명령,
표지판은 지시한다. 하나같이 자기 하고 싶은 말만 한다. 보(읽)는
사람은 안중에 없으니 보이는 글자가 들리는 소리보다 더 시끄럽다.
쉬고 싶어 산에 가면 「입산금지」 잔소리를 듣고, 산사의 「묵언」 팻말은
수다에 다름 아니다. 왜 그리 느껴질까. 보기 싫어도 봐야 하는, 선택권
없이 반복된 수(피)동적인 그간의 시각 경험 – 오죽하면 시각공해라
할까 – 때문이다. 그것을 할 수 없이 겪게 되는 지시·강요된 타의적인
수직적 읽기의 폐해라 하면, 다르게 상상하는 자의·임의적인 수평적
읽기로 바꾸면 어떤가. 그리하여 소음이(을) 화음으로 들리(으)면 얼마나
좋으랴. 메시지 – 웃음과(미소에서 실소까지) 울음이(신음에서 통곡까지)
같이 하는 – 속에 사람이 살고 있다. 그 단초를 좇는 시공간은 언제나 꿈
밖이었다.

세상은 가히 메시지(글자·문자·단어·문장·외래어·기호·부호·숫자…
등)의 바다, 어부가 황금어장을 찾듯 나는 간판의 숲을 어장(語場)으로
여기니 바로 상상어장이다. 상상어장의 어종(語種)은 다채롭기가

황홀지경이요, 낚으면 황홀난측이다. 그걸 내건 사람들은 무슨 마음을 품고 만들었을까. 그들의 속내와 달리하는(때론 같이 또 모른 척하며) 낚시는 얼마나 즐겁단 말인가. **상상어장**에는 "일심으로 찌를 본다 / 열심히 보는 찌는 꽃과 같다 / 언제 나비처럼 고기가 올까?"하는 심정으로 묵상한 것도 있고, "내려갈 때 보았네 / 올라갈 때 보지 못한 / 그 꽃"처럼 찰나에 만난 문장도 있다. 하지만 무심코 스치던 것과 대수롭지 않게 흘러가는 말의 풍경에 내 마음은 더 잡히고 또 다잡았다(필시 놓친 것이 더 많을 게다).

상상어장에는 오늘(내일)도 말의 꽃이 달뜨게 피어난(날 것이)다. 그 꽃을 볼 때마다 나는 어부(語夫)가 된다. 글꽃·말꽃과 노니는 어부에겐 얽매일 일이 없더라. 자유롭더라. 글을 쓰는 내내 그 자유를 스스로 물었다. 평화도 함께.

지금 여기, **상상어장**에서 더불어 낚시하길 권유함은 우리 모두 어부(語婦 아니면 語夫)이기 때문이다. 당신의 **상상어장**에도 자유가 흐르기를, 화평도 함께.　　　　　이

　　　　　　　　　　일

　　　　　　　　　　　훈

　　　2017년 겨울과 봄 사이, 지벽간(紙壁間)에서

차례

건물주

"나는 나는 될 터이다. ○○○가 될 터이다 / 옳다 옳다 될 터이다. 너는
너는 ○○○가 될 터이다" 누구나 코흘리개 시절 한번쯤 불렀을 동요,
라단조 4/4박자.

혼자서 앞부분을 부르고 뒷부분은 다 같이 불렀지. 흥이 나서 불렀지.
다른 아이 희망도 같이 불렀지. 내 소망이 아니어도 같이 불렀지. 내
꿈을 노래할 땐 더 크게 불렀지. 어떤 아이는 선생님이 되겠다 하고,
경찰관을 꿈꾸는 아이도, 과학자가 되겠다는 아이도 있었지. 모두
돌아가며 노래를 부른 다음, 선생님이 물으셨지. 왜 간호사가 되고 싶지,
아픈 사람 고쳐주고 싶어서요. 왜 조종사가 되려고 하니, 푸른 하늘을
마음껏 날고 싶어요. 왜 과학자가 되고 싶어, 로봇을 만들어서 사람들을
편하게 하려고요.

시대 따라 아이들의 장래희망이 다르다. 1970~80년대에는 과학자와 군인 그리고 대통령(그래서 애들이다)이 가장 많았다. 1990년대엔 교사와 대학교수가 많았다. 2000년대로 접어들어서는 방송인·연예인·스포츠맨이 인기를 끌지만 가장 많은 것은 공무원이다. 정년이 보장되고 안정된 직업이기 때문인데, 아이들에게 영향을 끼치는 부모의 희망(아이는 부모의 꿈이지만 부모의 바람이 아이의 꿈이 되는 것은 왠지 서글프다. 사라진 아이들의 꿈)이기도 하다.

어느 날 후배가, "초등학교 다니는 애가 집에 와서 투덜대기에 까닭을 물었더니, 학교에서 돌아가며 노래를 불렀는데 그 중 한 아이의 노랫말이 마음에 안 든데요. 무슨 노래인가 물었더니 아, 글쎄…." 그 아이가 부른 노래는 "나는 나는 될 터이다. 서교동의 「건물주」가 될 터이다"('서교동의 「건물주」'가 되겠다는 아이의 할아버지는 학교 앞에 큰 빌딩을 가지고 있다 한다)

'조물주 위에 「건물주」'라는 세상, 조물주가 만든 인간은 두 부류로 나뉜다. 하나는 건물을 소유한 인간, 또 하나는 건물을 소유하지 못한 인간.

겨자씨
교회

영화 〈쿼바디스〉를 만든 김재환 감독은 말한다. 한국교회는 "지난
몇 십 년간 모든 에너지를 교회 성장에만 집중시킨 결과 몸집은
비대해졌으나 예수를 잃어버렸죠. … 탐욕을 제어하지 못하면 한국
개신교가 사회로부터 받고 있는 조롱과 지탄은 모든 종교의 운명이지
싶어요."_오마이뉴스, 2014년 10월 30일.
종교의 상업화·대형화·세습화로 비판받는 종파·종단이 많다. 이에
한국 개신교 일부 종단에선 교회세습방지법을 만들었다. 교회세습은
그 자체로 '돌미륵이 웃을 일'인데, 아 정말 웃을 일이 생겼다. 일부
종단에서 교회세습방지법을 없던 일로 한 것이다. _경향신문, 2014년 10월
7일.

세상과 사람을 구원한다는 종교가 타락하는 이유는 무엇일까. 한마디로
돈. 종교인으로서 명분·명예·명성에 더해 부유함까지 누려 보니
너무 좋더라. 이 좋은 수익사업! 자식에게 대물림하여 대대손손 잘
먹고 잘 살게 하자. 그 바탕이 바로 돈이다. 청빈한 삶·세상을 위한
노동·순결한 기도를 실천하는 수도자를 보며 세습교회를 비판하는
것은 의미 없는 일이다. 타락한 종교인은 신앙심을 버리고 귀머거리가

되어 이미 듣지 못하기 때문이다. 차라리 그런 교회엔 금융실명제처럼 '세습실명제(?)'를 실천하면 어떨까. 십자가 대신 「세습교회」 팻말을 달아 세상에 알리는 것이 당연한 일 아닌가(세습이 부끄러우면 안 하면 된다. 참 쉽지 않은가).

어느 시장통을 지나다 「겨자씨교회」를 보는데 이유 없이 반갑더라. 겨자씨처럼 작은 교회에 큰 빛이 충만하기를, 더하여 욕심 버린 교회가 복되기를…!

경인조치

많이 본다, 주택가 골목에서. 온갖 못 쓰는 물건에 새로운 용도를 찾은 주차금지 표식. 공용도로에 주차금지 표식을 설치하는 것 자체가 불법이지만, '목소리 큰 놈이 이긴다'고 큰 물건 갖다 놓은 놈이 주차를 편하게 한다. 그것도 모자라 누가 주차하면 견인하겠다고 으름장 – 거의 공갈 수준 – 을 놓는 표식도 있다. 차량견인은 법적 규정 안에서 하는 것이지 개인이 함부로 할 수 없다. 차량견인은 자동차를 '끌어서 당김' 즉 강제로 끌어간다는 말이다. 그런데 이건 무슨 말인가.

「이곳에 주차시 경인조치합니다」

경인조치라니. '벌어지는 사태를 잘 살펴서 필요한 대책을 세워 행함. 또는 그 대책'이 조치(措置)다. 그럼 경인은 무슨 말일까.

경인(京人): 서울사람 / 이곳에 주차하면 서울사람이 된다는 말인가.

경인(庚寅): 육십갑자, 갑자·을축·병인… 나가다가 27번째가 경인이다 / 이곳에 주차하면 경인생 팔자로 바뀐단 말인가.

경인(經印): 도장을 찍음 / 이곳에 주차하면 차에 무슨 도장을 찍겠다는 말인가.

경인(驚人): 사람을 놀라게 함 / 이곳에 주차하면 놀라게 해주겠다는 경고인가.

경인(敬人): 남을 공경하는 일 / 이곳에 주차하면 운전자를 공경하겠다는 말인가.

경인(京仁): 서울과 인천을 아울러 이르는 말 / 이곳에 주차하면 차를 경인지방에 갖다 버리겠다는 엄포인가.

경인조치는 견인조치일 것을 뻔히 알면서 '경인'을 찾아본다. 잘못 쓴 글씨 하나가 사전을 찾게 하니 나름 글자 구실 한번 한 셈이다(주차하려다 '경인조치'를 본 것이 아니라 걸어가다 보았음을 적어둔다).

고객님의
마음을
중개합니다

고객님의
마음을
중개합니다

'제삼자로서 두 당사자 사이에 서서 일을 주선'하는 일의 대표적인 것이 부동산 중개(仲介)업이다. 중개인은 당사자 '사이'에 있어 중립적인 것이 마땅하지만 그리하면 수익이 생기지 않는다. 중개인은 파는 이에겐 잘 받았다 하고, 사는 이에겐 싸다고 마음에 없는 말을 하여 거래를 성사시킨다. 중개인의 마음은 오로지 사고파는 이들의 관계 '사이'에만 있다. 명분과 입장을 지키려면 한결같아야 하고, '사이'를 중시하면 변화무쌍해야 하는 것이 마음이다. 그래서 마음(心)이 들어간 말이 많고 또 많다. 세상일은 이런저런 마음을 쓰는 일에 다름 아니다.

살다보면 누구나 고심(心)하는 일도 생기고, 관심(心)거리도 갖게 되고, '마음에 새기어' 명심(心)해야 할 것도 있지. '마음을 쓰지 않고' 무심(心)하게 있다가 배심(心)을 당했다고 오해받는 일도 있고, 본심(心)을 못 지키고 분심(心)을 갖기도 하지. 남에게 말 못할 수심(心)거리가 생길 때도 있는 게 인생이지. 뭔가를 열심(心)히 하지 않으면서 욕심(心)을 내기도 하지. '남을 시기하는 심술궂은' 용심은 남을 위한 용심(心)으로 바꿔야 하고 무슨 일에 성취가 있으려면 매사에 유심(心)해야지. 사랑을 전하는 이심(心)전심(心)은 언제나 좋지. '곳간에서 인심(心)난다'는 말은 옛말이고, 무슨 결심(心)이든 작심(心)삼일이 안 되게 하려면 진심(心)으로 실천해야지. 공직자가 뇌물을 받는 것은 충심(心)이 없는 한심(心)한 노릇이지. 가끔 이런 생각을 해보지. 나라의 녹봉을 받는 자들은 모두 정해진 기간마다 국민과 허심(心)탄회한 대화를 의무적으로 하는 거지. 국민을 위해 복무하는 공무원의 자질·인성·소양을 직접 민심(心)으로 확인해 보는 거지. 흑심(心)이 가득든 공직자는 사회의 불행이니까. 불우한 이웃을 여러 사람이 협심(心)하여 돕는 일은 진정한 환심(心)이니 회심(心)곡보다 아름다운 일이지. 개인적 효심(心)보다 빛나는 마음이지. 세상은 마음이 중개되는 곳이니까.

고구려
농장

톨스토이의 단편 〈사람에겐 얼마만큼의 땅이 필요한가〉에서
주인공 바흠은 소작농을 벗어나 자기 농장을 갖는 것이 꿈이었다.
바시키르인이 사는 곳에서 해 뜰 때부터 해 질 때까지 걸어서 돌아온
땅을 모두 가질 수 있는 계약(단 해가 질 때까지 출발 지점으로 돌아오지
못하면 땅을 한 뼘도 받을 수 없는)을 하고 점심시간이 지나도록 계속
걸었다. 걸을수록 비옥한 땅이 펼쳐져 멈출 수 없었다. 문득 정신을
차리니 해가 어느덧 서산으로 지고 있었다. 놀란 바흠은 발걸음을 돌려
출발점을 향해 뛰기 시작했다. 미친 듯이 달려서 해가 지려는 순간
가까스로 출발점에 닿으며 쓰러졌다. 기다리던 사람들은 환호했다. 그를
일으켜 세우자 이미 피를 토하고 죽어 있었다. 어디 바흠만 그럴까. 이
시대 우리 모습이 거울에 비친 듯하다.
농장은 농사짓는 곳, 즉 작물과 시간을 경영하는 장소다. 그 바탕은
땅(토지)이다. 영토 없는 국가 없듯 농토 없는 농장은 없다. 농장은

왕국이다. 마음대로 농사를 지을 수(안 지을 수도) 있는 주인은 농장의 왕이다. 뭐든 심을 수 있고 벨 수 있고 뽑을 수 있다. 어디 심는 것만 자유로운가, 더 있지. 거름을 주거나 안 주거나 언제 수확하거나 안 하거나 그것도 마음대로다. 뭐든 맘대로 내키는 대로 할 수 있으니 왕과 다름없다. 그런데 시장에 팔아 수익을 내려는 농사를 짓게 되면 상황이 반전되어 왕은 바로 시장의 노예가 된다. 잘 팔리는 작물의 농사를 지으려니 이것저것 정보를 구하고 계산해야 한다. 그러면 농장은 잘 팔리는 상품을 생산하는 공장이 된다.

처음엔 「고려농장」이었다가, 부호넣음표(^) 넣어 「고구려농장」으로 개명했다. 고려(918~1392)보다 고구려(기원전 37~668)는 얼마나 강건하고 넓은 영토를 누렸던가. 모든 농장은 넓은 땅을 갈망한다. 역사가 증명한다.

고해성사

고해성사(告解聖事)란 칠성사 중 하나로 세례 성사를 받은 신자로
하여금 세례 받은 이후의 죄에 대하여 하느님께 용서를 받으며, 교회와
화해하도록 하는 성사이다. _가톨릭사전.

고해는 가톨릭 신자의 의무로서 교회와 사제에게 죄를 고백하는
것이다. 그것은 매우 힘든 일이다. 고백하는 신자는 말하기가 힘들고,
고백을 듣는 것이 힘들기는 사제도 마찬가지다. 고백사제는 고해의
내용을 절대로 외부에 발설하지 말아야 한다. 그것은 가톨릭교회법이
정한 의무다(참회성사의 비밀봉인은 불가침). 만약 그 의무가 지켜지지
않으면 가톨릭의 근간이 흔들리므로 사제는 목숨을 걸고 의무를
다한다. 교회법으로 구분한 신분은 달라도 신자도 사제도 사람,
고백하는 이와 듣는 이의 입장은 다르지만 심정은 같을 것이다.

아…, 고해(告解)는 고해(苦海)라 할 것이다.

전혀 다른 '고해성사'를 보았다. 「고민 해결해주고 성공하는 사주 집」
고백(속죄)은 참 큰 고민이었다. 그런데 세상엔 가톨릭 신자가 아닌
사람이 더 많고, 고백보다 고민은 얼마나 더 많은가. 그런 고민을
해결해주고 성공으로 이끈다니 얼마나 반가운 「고해성사」란 말인가.
고해를 청하는 사람이 번민 속에서 말하지 않고 역술가의 산명(算命)을
궁금한 기대로 듣다니. 어떤 고해성사든 고해가 적은 세상이 좋은
세상이다.

골목떡볶이

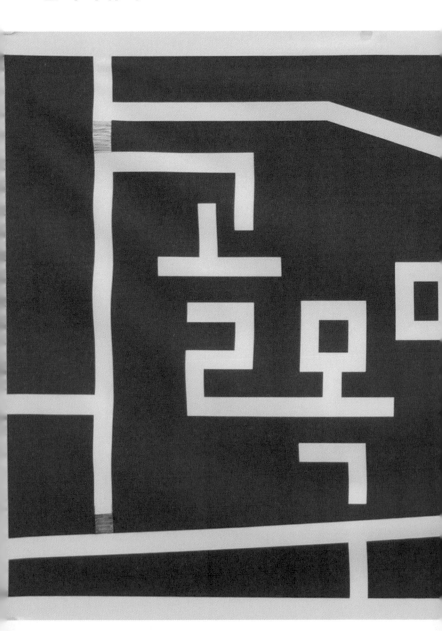

한자리에서 오랫동안 고기 굽고 갈비탕 팔던 식당이 어느 날 –
쫓겨났는지, 권리금 많이 받고 넘겼는지는 알 수 없지만 – 나가더니
누군가 새 점포를 꾸민다. 무슨 장사를 시작하려나.

검은 바탕에 흰 글씨(흰 바탕에 검은 무늬일수도), 「**골목떡볶이**」. 아하.
맛있는 떡볶이집이 생기는구나. 원래 궁중 떡볶이는 간장양념에 재어둔
쇠고기와 함께 볶는 것인데 요즘엔 고추장 떡볶이를 많이 먹는다.
매콤 달콤 짭짤하며 감칠맛이 돈다. 공사용 가림막 때문에 실내는
안보이고 임시간판만 보인다. 그런데 간판을 디자인한 수준이 보통이
아니다. 한마디로 전문가(선수라고도 하지) 솜씨, 떡볶이보다 더 맛있는
간판을 만났다(이럴 땐 그냥 지나가면 안 된다. 멋진 디자인은 즐겨줘야 한다.
방앗간을 그냥 지나가면 참새가 아니듯이).

우선, 「**골목떡볶이**」라는 가게 이름을 잘 파악했다. 주인의 입장에선
떡볶이가 중심이지만 디자이너에게는 「**골목**」이 핵심이다. '큰길에서

들어가 동네 안을 이리저리 통하는 좁은 길'이 구불거리고, 비틀어지고, 통하기도, 막히기도, 길기도, 짧기도 하다. 무엇보다 골목의 특징은 예측 못하게 자주 꺾인다는 것. 가게이름과 글꼴을 골목으로 해석했다. 그러고 나니 골목파전집인지, 골목분식집인지 모른다는 생각이 들어, '원숭이 엉덩이는 **빨개**' 빨가면 떡볶이…, **빨간** 점을 찍었다(하나만 찍은 것을 보니 정말 선수다). 재밌다, 맛있다. 세상엔 맛있는 간판도 있다. 길을 가다 디자인이 잘된 간판을 보는 것은 즐거움을 넘어 평화로운 일이다(불량간판은 우리를 시감각의 전쟁터 같은 지옥으로 몰아넣지 않는가). 그런데 저 간판 볼수록 어떤 동네를 그린 지도로 보인다. 재개발로 점점 사라지는 「**골목**」을 아쉬워하며 지도로 읽는다. 아마 저 **빨간** 점은 놀이터이거나 작은 공원이어도 좋으리라. 어쩌면 지금은 사라진 옛 우물일 수도 있으리라.

공사 중

현재 진행형인 상황을 알리는 말이 여기저기 붙어 있다. 식당 밖에는 어서 오세요, '영업 중'. 주방에서는 '요리 중'. 손님들은 '식사 중'. 늦게 여는 식당은 아직도 '준비 중', '청소 중'. 대형마트 앞에는 언제나 뭐라도 싸게 파는 '행사 중'. 백화점 앞에 긴 줄이 서 있으면 '세일 중'. 학교에는 '강의 중' 아니면 '수업 중', 성적을 매길 때는 '시험 중'. 민원서류는 늘 '접수 중', 지위 높은 책임자는 늘 '부재 중', '회의 중'. 서비스센터의 직원은 언제나 '상담 중', '대화 중'. 상담전화는 언제나 '통화 중'. 군부대 초소는 언제나 '근무 중'. 평소에는 '훈련 중', 정해진 날에는 '작전 중', 무슨 일이 생기면 '출동 중'. 누구라도 '전투 중'인 상황을 원하지는 않지. 아파트 경비실에 근무자가 없을 때는 '순찰 중', 낯선 방문자는 '주차 중', 세차장에선 '세차 중'. 카센터는 '수리 중', 택시기사는 '운행 중', 일이 밀린 택배기사는 밤중에도 '배달 중'. 인터넷으로 뉴스를 본다는 사람 많지만 아직도 종이신문을 '구독 중'인 사람도 많지. 회사원은 '출근 중'에도 업무전화가 오고 '퇴근 중'에도 보고를 하니 '회식 중'에도 편하질 않지. 그래서 '휴가 중'에도 마음을 졸이지. '제작 중'인 영화에 배우는 '출연 중', 감독은 '촬영 중'. '상영 중'인 영화가 재미있으면 관객은 '대기 중', 창구에선 '예매 중'. '관람 중'인 관객은 출연자의 '연습 중' 고생을 짐작하지 못하지. 도서관에선 누구나 '독서 중', 읽고 싶은 책은 언제나 '대출 중'. 몸이 아파서 병원에 가면 '진료 중', '수술 중', '회복 중', '입원 중'인 환자가 많기도 하지. 재개발지역은 오늘도 '철거 중'. 사회적 약자들은 부당한 법집행에 항의하며 오늘도 거리에서 '농성 중', '시위 중'. 입장이 다른 사람들은 '대치 중'. 막으려는 사람들은 '진압 중'인 악순환. 절에 가면 '수행 중', 교회에선 '기도 중', 수행도 기도도 다 '전쟁 중'인 세상의 평화를 위해 바쳐지면 좋겠네. 중 중 무슨 중 많고 많은데 곰곰이 생각하니 내 평생 가장 많이 겪고 본 것은 「**공사 중**」이라네. 끝날 줄 모르는.

공사하기
좋은
날

공사라고 하면 건설공사가 떠오른다. 건물을 짓거나 도로를 닦는 곳엔
어김없이 '공사 중'이란 팻말이 붙어 있다. 공사는 기계장비를 사용하는
특수 분야에서 단순한 막일까지 여러 공정이 있지만 흔히 힘든
노가다(どかた)를 떠올린다. 노동의 강도가 세고 휴식시간이 보장되지
않는 고학력 전문직업인이 자조적으로 쓰기도 한다. 노가다는 육체노동,
단순노동, 막일과 동의어로 쓰인다(일제의 잔재이므로 쓰지 말자 하는데도
끈질기게 살아 있다. 빤쓰처럼). 노가다는 힘들며 고되고 거친 일, 공사판을
상징한다.

「공사하기 좋은 날」은 어떤 날일까. 공사하기 나쁜 날과 반대인 날,
한마디로 날씨 좋은 날이다. 공사 현장은 눈·비가 오면 장비와 자재가
젖고 미끄러져 다치는 사고의 위험이 높다. 감전사고도 날 수 있다. 너무
더운 날과 추운 날도 작업이 힘들다. 바람이 심하게 부는 날도 작업이
어렵다. 먼지와 소음이 나는 현장은 주말·공휴일에 공사하면 주변에서
민원이 발생한다(입장 바꿔 생각해보라. 편히 쉬는 날 창밖에서 쿵쾅거리면

기분이 좋겠는가). 명절(설·추석)에는 당연히 쉰다. 보통 1년에 눈·비가 내리는 날은 150여 일, 공휴일 10일, 일요일 52일이다. 휴일에 눈·비가 오면 그나마 낫지만 그건 하느님도 모르는 일이니 1년 중 「공사하기 좋은 날」은 대략 절반 정도다. 공사기술이 발전했다지만 내리는 눈·비에는 속수무책이다. 그나마 건축물 내부공사는 눈·비가 와도 할 수 있지만 자재운반 등에 어려움을 겪으니 날씨 좋은 날이 무조건 「공사하기 좋은 날」이다.

날씨 좋은 날이라면…, 아지랑이 아른거리는 봄날, 매미소리 시원한 여름날, 하늘 높고 상쾌한 바람 부는 가을날, 그런 날들은 모두 놀기 좋은 날이구나. 아! 「공사하기 좋은 날」은, 놀고 싶은 마음을 참는 날이다.

구경하는
집

「구경하는 집」은 주택전시관·주택문화관·주택갤러리 등으로
불리는 모델하우스(견본주택)를 말한다. 모델하우스는 미리 만든
가짜집이다(소규모 공동주택인 경우 실제로 한 세대를 견본으로
꾸미기도 하지만 아무도 그 집에서 살지 않는다는 점에서 여전히 가짜).
모델하우스는 평형별로 방의 크기와 배치, 마감상태와 가구 등의
배치를 구체적으로 보여주지만 확장 후의 상태 또는 가구·집기 등은
별도 계약이거나 제외되는 것이 많다. 보여주기 위한 모델하우스는
분양이 끝나면 철거한다. 빠른 철거를 소망하면서 장수를 꿈꾸는
가짜집이다. 짓는 방법도 가짜다. 철근콘크리트나 철골 구조로
지어지는 아파트도 모델하우스에서는 목재와 합판 위에 마감재만
붙였으니 가짜집이다. 모델하우스를 보고 결정하고 이사를 간다.
그런데 그 집은 모델하우스와 다르다. 같은 평형·평면이어도 다르다.
같은데 다르다니 무슨 말인가. 모델하우스는 층수의 차이를 나타내지
않으므로 가짜집이다(모델하우스의 창문으로는 나무가 보였는데 15층으로
올라가면 하늘만 보인다). 모델하우스에는 아래층 세대와 위층 세대를
만들지 않아 층간소음이 있을 수 없다. 공동주택의 관계성 – 층의
중복 – 을 생략했으니 현실과 다른 가짜집이다. 모델하우스에서는
거실이 정남향인데 실제 집에선 거실이 동남·서남인 경우가 많다.
실제의 세대별 배치방향을 반영하지 않는 모델하우스는 해가 들고

지는 사실에서 다른 집이다. 모델하우스에서는 옆집을 만들지 않고,
주차장·놀이터·외부 마당·길의 연결 관계를 보여주지 않으니
가짜집이다. 그런데도 줄 서서(돈 들고) 구경한다. 식당 앞에 전시된
음식모형을 보고 입맛 다시듯 가짜집 앞에서 진짜로 살아보는 꿈을
꾸는 것이리라. 「구경하는 집」의 유혹은 얼마나 절실하단 말인가.

우리집구루마집

구루마집
구루마짐

구루마(くるま)는 마차·전차·인력거·자동차를 총칭하는 일본말.
우리말은 수레. 사람이 타거나 짐을 싣기 위한 수레의 생명은 바퀴.
바퀴 없는 수레는 상상만 해도 답답하다. 바퀴는 바퀴가 도는 속도보다
더 빠르게 세상을 바꾸어 놓았다.

시인 황동규는 "나는 바퀴를 보면 굴리고 싶어진다 / 자전거 유모차
리어카의 바퀴 / 마차의 바퀴 / 굴러가는 바퀴도 굴리고 싶어진다"고
고백한다. 얼마나 굴리고 싶으면 "굴러가는 바퀴"도 "굴리고 싶"을까.
하지만 그것은 굴리는 사람의 입장, 구르는 바퀴의 처지에선 멈추고
싶을지도 모를 일이다. 쉼 없이 계속 구른다는 것은 얼마나 돌아버릴
일인가.

구루마와 집이 만난 「구루마집」. 움직여야 하는 '구루마'와 서 있어야

하는 '집'의 궁합이 절묘하다. 집은 서 있어야 하고 구루마는 굴러야
한다. 서로의 본성과 욕망을 감춘 채 동거한다. 언제 구를지 모르는
「구루마집」은 얼마나 위태로운 욕망을 감추고 있는가. 그러니 집이되
집이 아니며 구루마이되 구루마가 아닌 것이다. 구르지 못하는
구루마에게 집은 곧 짐이다. 보라 「구루마짐」을! 짐의 무게로 구르지
못하는 구루마의 바퀴는 기둥과 벽이 되고 지붕이 되었다. 그러고 보니
건축이란 대지(환경·생태)에 짐을 얹는 일이구나.
「구루마집」과 「구루마짐」, 바퀴와 집 사이에 짐이 있다.
어느 지방도시 시장에서 본 집과 짐 사이, 그것은 간판이 아니었다.
한 편의 선화(禪話)였다.

기분 전환

찜통더위가 기승을 부리는 날 어느 거리를 걷다가 지쳐, 그늘에 앉아 땀
식히며 기분 전환을 하고 싶은데 바람은 불지 않고 간판이 서 있더라.

기분
전환

「기분전환」으로 읽고 나니, 과연 그럴까 생각이 들더라.
사방에 넉 자 새긴 간판에 읽는 자유를 허하라!
혹 '분환기전'으로 읽는 이도 있을 것이고,
'기전분환'으로 읽는 이는 왜 없을까.
'기전환분'도 없지 않아 있을 것이다.
'분환전기'로 읽지 말란 법도 없겠다.
'기환분전'과 '분전기환'은 또 어떠랴.
'환기전분'에 '전분기환'도 가능하리라.
「기분전환」에 정해진 방법이 어디 있으랴.
감정을 말하는 기분(氣分)과 방향을 말하는 전환(轉換)은 같은 명사라는
것 말고 공통점이 또 있다. 바로 일정하게 정해진 것이 없다는 점이다.
기분도 정해진 것이 없고 전환도 정해진 것이 없다. 기분도 전환도
마음대로다. 그러니 어디 「기분전환」의 방법을 정할 일인가.

김중업
박물관

↑ 안양에
김중업박물

Anyang Art Park

Kimchungup Museum

성명을 기념관·박물관의 명칭으로 삼는 경우는 흔치 않다.

경기도 안양시에 「김중업박물관」이 있다. 김중업(1922~1988)은
우리나라가 낳은(죽인) 세계적인 건축가다. 주한 프랑스대사관 – 서울
서대문구 합동, 1962년 완공 – 을 설계한 공로로 프랑스정부로부터
국가공로훈장과 슈발리에(chevalier) 칭호(1965)를 받았다. 주한
프랑스대사관은 볼일이 없는 사람은 갈 일이 없고 큰 길에서도 잘
보이지 않아 시민에게 잘 알려지지 않았지만 건축을 공부하거나
한국건축문화에 관심이 있는 사람들에겐 널리 알려진 명작이다.
건축 전문가에게 언제나 최고의 걸작으로 운위된다. 건축물 감상에
서툰 사람도 보는 순간 아…! 탄성을 지르는 형태는 일품이란 수식으로
부족하다. 철근콘크리트 구조의 사각형태 위에 얹힌 날아갈 듯한
지붕의 비례와 형태감각은 '전통건축의 현대화는 이런 것'이란 전범을
보여준다.

이렇게 훌륭한 건축 작업을 하던 건축가 김중업은 어느 날 갑자기

독재정권의 추방명령을 받게 된다. 평소 소신대로 사회적 발언에
주저하지 않던 그의 언설 – 건축 및 도시계획 정책의 미숙함과 부당성
– 을 못마땅하게 여긴 정부로부터 '이 나라를 떠나라'는 통첩을 받고
쫓겨난다(1971). 그 후 박정희 대통령이 사망해 유신정권이 끝나서야
귀국할 수 있었다(1979). 이 나라는 김중업이라는 건축가를 낳았지만
독재정권은 강제출국이라는 이름으로 그를 죽였다. 건축(예술)가에게
40대는 정열을 바쳐 일할 황금 같은 기간인데, 이국에서 생존을
걱정하던 추방된 건축가에게 8년은 죽은 시간이었다.

생전 말씀을 잊지 못한다. 어느 날 내가 여쭈었다.

"선생님, 건축에서 구조(structure)란 무엇입니까?"

"인스피레이션(inspiration)이지." 1초도 망설이지 않은 즉답,
명언이었다. 영감을 형태로, 공간으로 구현하신, 아…, 김중업 선생님!

이어 "제자란 무엇입니까?" "선생을 뛰어넘는 놈이 제자지."

아…, 저는 아직도 제자가 되지 못했습니다. 선생님!

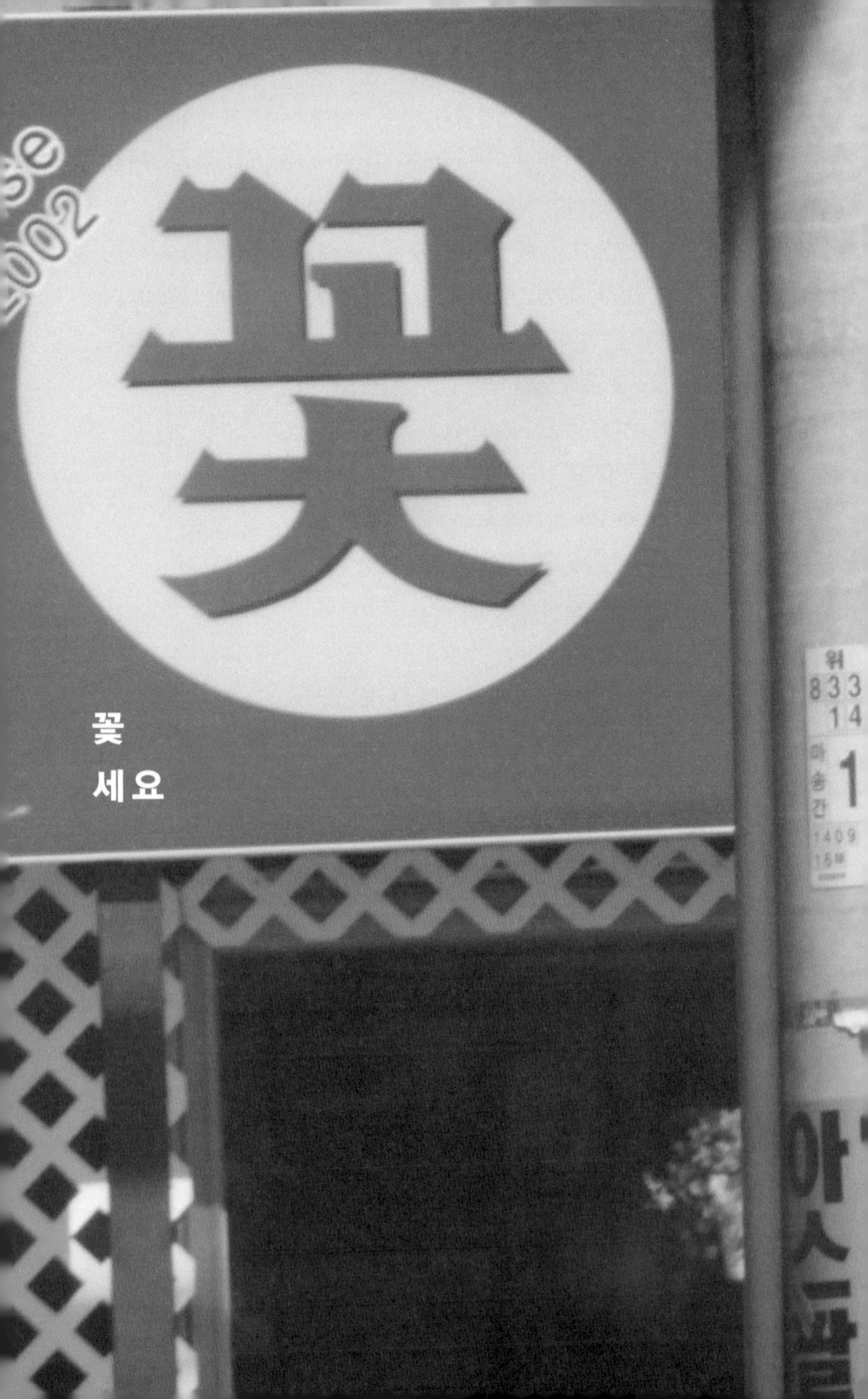
꽃
꽃
세요
1

세요

10-927

물품대
대　여
민든 미수
88-06

"꽃 사시요 꽃을 사시요 꽃을 사 / 사랑 사랑 사랑 사랑 사랑 사랑의
꽃이로구나"로 시작하는 자진모리 장단의 신민요 〈꽃타령〉의 노랫말 속
꽃밭에는 만화방초가 만화방창을 이룬다.

"붉은 꽃 파란 꽃 노랗고도 하얀 꽃 / 남색 자색의 연분홍 울긋불긋
빛난 꽃 / 아롱다롱의 고운 꽃", "봉올봉올 맺힌 꽃 숭올숭올 달린 꽃 /
방실방실 웃는 꽃 활짝 피었네 다 핀 꽃 / 벌 모아 노래한 꽃 나비 앉아
춤춘 꽃", "이 송이 저 송이 각 꽃송이 향기가 풍겨 나온다 / 이 꽃 저 꽃
저 꽃 이 꽃 해당화 모란화 / 난초지초 웬갖 행초 작약 목단에 장미화"
도입부 노랫말은 절마다 후렴으로 다시 엮인다. "꽃 사시요 꽃을 사
꽃을 사시요 꽃을 사 / 사랑 사랑 사랑 사랑 사랑 사랑의 꽃이로구나"

갖은 꽃의 색상과 자태와 향기를 풍기는 이 노래를 누가 부를까.
"꽃바구니 울러 매고 꽃 팔러 나왔소"하는 걸 보니 꽃 파는 소녀가
부르는 노래다. 바구니에 저 많은 꽃이 담길 리 없지만 마음만은 꿈의
꽃밭이다. 꽃 파는 소녀의 꿈은, 당연하지, 꽃을 많이 파는 것, 그러니
다시 한 번, "꽃 사시요 꽃을 사 꽃을 사시요 꽃을 사"
노래하듯 '꽃 사세요'를 간판으로 내건 꽃집을 만났다. 버스 창밖으로
보이는 간판이 전봇대에 가려 순간 「꽃 세요」가 되었다. '사세요'가
'세요'로 바뀌는 짧은 순간에 깨쳤다. '사세요'보다 '세요'가 쎈 것을.
왜냐, 꽃집에선 꽃을 많이 세는 것이 바로 많이 팔렸다는 뜻이니까.
부디 「꽃 세요」 꽃집 주인, 갖은 꽃이 잘 팔려 날마다 꽃 많이 세기를…!

끓인 라면

라면은 1958년 일본에서 처음, 우리나라에선 1963년. 일본에서
사온 기계로 만들기 시작했지만 수십 년 지난 지금, 국산 라면은
가히 세계 최고. 라면의 무한 변신은 끝을 모른다. 라면은 우리의
끼니 습관에 맞는 기본요소를 갖추고 있으니 바로 면과 국물이다.
즉석음식이 건강에 나쁘다는 걱정도 라면에게는 통하지 않으니 그만한
맛·편의·편리성·가격에 맞설 음식이 없다. 라면에 우동·짜장·짬뽕·
카레·김치·칼국수·부대찌개·육개장·새우·떡볶이·비빔국수·
냉면·기스면·쫄면·곰탕·스파게티·황태·된장·쇠고기·열무·감자…
등의 맛을 섞어 구미를 당기고, 컵·사발·도시락·냄비 모양의 용기에
뜨거운 물을 부어 먹고, 버리기 편하게 ─ 먹기에 편리한 것이 아니라
버리기 편리하다는 점이 소비심리에 매우 중요하다 ─ 만들더니 급기야
'○뚜껑'이라는 제품까지 나왔다(그릇의 아가리를 덮는 뚜껑에 뭘 담아
먹는 것은 거지들의 식사가 연상되지만…ㅜㅜㅜ). 맛에서 그릇으로…, 끓여

먹는 것에서 불려 먹는 것은 그야말로 격변. 불려 먹는 라면은 굳이
집·식당이 아니어도 뜨거운 물만 있으면 갖은 성찬이 가능하다. 그런데
불려 먹는 라면은 말할 수 없는 뭔가 '2%' 부족하다. 그래서 궁리했다.
자판기에서 나오는 「끓인 라면」 무엇이 다를까.
라면을 끓이는 방법은 백인백색+천태만상. 팔팔 끓는 물에 라면을
넣고 다 익을 때까지 뚜껑을 덮고, 익는 동안 계속 면을 휘젓고,
면보다 스프를 먼저 넣고, 아니지 스프는 나중이지, 파는 빼고, 달걀은
풀어야지, 청양고추 말고 치즈를…,
모두 맞고 다 다른 게 입맛.
마음대로 끓여 먹는
자유가 라면에 깃든다.

나는
오늘

나는 오늘
내가 아는
사람들의
안부를
일일이
묻고싶다

어느 책방을 들어서다 보았다.

「나는 오늘 내가 아는 사람들의 안부를 일일이 묻고 싶다」

세상사 중하다 여기는 것 사람마다 다르지만 그 누구도 끊지 못하는
것은 사람과의 관계다. 돈도 사람과의 관계에서 벌게 되고, 그 좋다는
권력도 사람과의 관계에서 취한다. '배워야 산다'는 지식도 사람을 통해
배운다. 홀로 죽기는 하지만 홀로 나온 이는 세상에 아무도 없다. 사람
사는 동안은 사람 관계의 연속이다. 미움도 사랑도 다 사람 관계의
감정이다. 세상 사람은 단 둘로 나뉜다. 남(여)자와 여(남)자라고. 아니다.
아는 사람과 모르는 사람이다(모르는 사람은 모르니까 궁금함도 모른다).
사람 관계란 알기 시작하면서 생겨난다. 오죽하면 '사랑하는 사람도
미워하는 사람도 만나지 마라. 사랑하는 사람은 못 만나서 괴롭고,
미워하는 사람은 만나서 괴롭다'고 하겠는가. 사랑하는 사람도 미운
사람도 모두 아는 사람이다.

「나는 오늘 내가 아는 사람들의 안부를 일일이 묻고 싶다」

한 사람씩 한 사람씩, 지나간 시간(기억하고 있는데 지나간 것일까)과
흘러간 인연(잊지 않고 있는데 흘러간 것일까)을 떠올리며, 평안하게 잘
지내고 있는지 그렇지 아니한지, 잘 먹고 잘 사는지, 부자가 되었을까
가난뱅이가 되었을까, 하던 일은 잘 되는지 망하지는 않았는지, 하고
싶어 하던 꿈대로 제대로 사는지, 작가(업)의 열망은 불타고 있는지
꺼졌는지, 결(이·재)혼은 했는지 안 했는지, 아직까지 혼자 사는지,
아프던 몸은 다 나았는지 계속 아픈지, 여의한지 여의치 않은지, 산다는
것이 무엇인지, 내가 아는 사람 모두에게. 안부를…!

(맨 먼저 안부를 묻고 싶은 사람은 가장 미안함이 많은 사람이다. 나는 얼마나
많은 사람에게 미안하다는 말을 못(안) 하고 살아 왔던가, 살고 있는가).

나 보기가
역겨워 가실
때에는

인기 많은 연예인을 국민여동생 또는 국민오빠라 하는데 가히
김소월(1902~1934)은 국민시인 아니 민족시인이다(남북한 모두에서
높이 평가받는 거의 유일한). 소월의 시는 작품성 높은 시로서 사랑받음은
물론 가곡, 가요, 동요로도 만들어지고 불린다. 시민이 기억하는 시인

1위 김소월, 암송하는 시 1위 '진달래꽃'이라는 조사 결과는 한두
번이 아니다. '진달래꽃'이 수록된 시집《진달래꽃》(매문사, 1925)은
근대문화유산 등록문화재로 지정되었는데(제470호, 2011) 경매에 나온
시집은 1억 3500만 원에 낙찰되었다. 소월의 대중적 인기를 증명하듯
최근에는《진달래꽃》초판본의 복각본이 인기 도서에 오르기도 했다.
소월은 극도의 가난에 시달리다 자살했는데,《진달래꽃》은 그가 죽기 전
10년 동안 초판조차 다 팔리지 않았다고 한다.

나 보기가 역겨워 / 가실 때에는 / 말없이 고이 보내 드리오리다. //
영변(寧邊) 약산(藥山) / 진달래꽃 / 아름 따다 가실 길에 뿌리오리다.
// 가시는 걸음 걸음 / 놓인 그 꽃을 / 사뿐이 즈려 밟고 가시옵소서
// 나 보기가 역겨워 / 가실 때에는 / 죽어도 아니 눈물 흘리오리다.
_'진달래꽃', 김소월

과연 몇 사람이나 될까. 나 싫다고 떠나는 연인에게 꽃을 뿌려 줄
사람이. 사랑하다 싫어지면 다투게 되고 다툼이 잦아지면 싸움이 되는
것이 사랑과 이별의 공식, 소월은 그 통념을 훌쩍 넘는다. 싫어하는
마음까지 사랑하기에 밟고 지나갈 꽃을 뿌릴 수 있다. 소월은 사랑에
있어 초월의 경지, 국가대표다.
소월은 무슨 달일까. 작은 달(小月), 아니다. 웃는 달(笑月), 아니다.
사라진 달(消月), 아니다. 바로 흰 달(素月)이다.
거리에서 소월을 닮은 사랑의 문장을 만났다.
「나 보기가 역겨워 가실 때에는 탕 한 그릇 고이 끓여 보내오리다」
그 탕은 분명 눈물로 끓인 뽀얀 국물, 소월탕일 것이다.

나의 도시,
나의
성심당

어느 날 퇴근시각, 지하철 승강장을 취한 듯 휘청거리며 걷는 아저씨의
손에 서류가방과 함께 사각봉투가 들려 있다.

「나의 도시, 나의 성심당」

'**나의 도시**'…? 순간, 나는 어디 - 어느 도시, 어떤 도시 - 에 살고 있나
의문이 들었다. 서울에 살고 있는 나에게 서울은 '나의 도시'인가(당신은
지금 사는 곳을 '당신의 도시'로 여기고 계신가). '나의 도시'는 살고 있는
시민에게 안심과 평온과 행복을 주는 도시일 것이다.
'**나의 성심당**'은 빵집이다. 빵은 성심으로 만드는 빵이 최고다.
'정성스러운 마음'이 성심이니 '성심당'은 빵집 이름으로 최고다.
그런데 아무래도 '성심'이 확실치 않다. 어느 빵집인들 정성들이지
않는 곳이 있을까. 빵집 이름 중에 '정성제과'나 '정성당'은 있어도
'대충빵집'이나 '건성당'은 보지 못했다. 모든 빵집은 성심을 다할
것이니 '성심(誠心)당'은 건달의 맹세 '차카게 살자'처럼 밋밋하고
심심하다.
화월당(순천), 이성당(군산), 태극당(서울), 풍년제과(전주),
삼송빵집(대구), 코롬방제과(목포), 백구당(부산) 등과 함께 오래된 빵집
중에 하나인 성심당은 성심(誠心)아닌 성심(聖心)이다. '거룩한 사랑의

마음', '예수의 사랑'과 '성모 마리아의 사랑'을 일컫는다. 궁금해서
찾아보니, "모든 이가 다 좋게 여기는 일을 하도록 하십시오"라는
가톨릭 정신을 바탕으로 '맛있는 빵, 경이로운 빵, 생명의 빵'을
만든다는 대전의 향토기업이란다.

어쨌든 일개 빵집을 도시와 연결시킨 발상은 강한 자긍심에서 왔을
것이다. 다시 생각한다. 시민 스스로 자긍심을 느끼고, "모든 이가 다
좋게 여기는"도시가 비로소 '나의 도시'일 것이라고('당신의 도시'는
어디입니까. 혹시 **나의 도시** 아닌 '너의 도시'나 '그들만의 도시'에서 살고
있진 않으십니까).

낮술

술에도 때가 있다. 아니 때마다 술이 있다.

아침술: 아침밥을 먹으며 반주로 마시는 술.

낮술: 낮에 마시는 술.

밤술: 밤에 마시는 술.

혹 저녁술은 없을까, 있다(그런데 그건 마시는 술이 아니다. 저녁술은 '저녁밥을 먹는 숟가락'을 말한다).

어느 거리를 걷다가「낮술」을 만났다. 낮이었다. 손님 없는 가게 문은 닫히고 간판 혼자서 외치는「낮술」이 겁게 타고 있었다. 낮술보다 더 유혹적인 동그란 도장. 간판을 만든 이의 낙관인가, 주인장의 이름인가. 술보다 더 유혹적인 동그랗고 붉은 도장.

甘呑苦呑

(달 감甘 삼킬 탄呑 쓸 고苦 삼킬 탄呑)

− 달면 삼키고 써도 삼킨다 −

달아도 삼키고 써도 삼킨다는 낮술의 금언이다. 어디 좋아서 마시는 낮술만 있을까. 속상해서 마시는 쓰디 쓴 낮술이 더 많을 터이다.

감탄고탄은 감탄고토(甘呑苦吐: 달면 삼키고 쓰면 뱉는다는 뜻으로, 자신의 비위에 따라서 사리의 옳고 그름을 판단함을 이르는 말)를 비튼 말인데,

필시 비위가 틀린 세상에 엉기는 이를 위로하는 데는 쓴 맛이 최고임을
알고 쓴 것이다. 쓴 낮술은 단맛이 돌 때까지 마시게 되고, 단 술도 오래
마시면 뒤끝이 쓰다. 그런 '낮술에 취하면 애비 에미도 몰라본다'니
조심할 일이다. 술은 밤보다 낮이 더 위태롭다.

내 멋대로

어느 학교 앞, 옷 수선집 「내멋대로」
필시 '내 멋대로'는 옷을 맡긴 학생의 마음에 들게 고쳐주겠다는
뜻이겠지만 자꾸만 수선하는 사람 마음대로 손보는 것은 아닐까 염려가
든다. '아무렇게나 하고 싶은 대로' 하는 것이 '멋대로'이기 때문이다.

누구라도 학창시절의 기억이 있겠으나 그 중 공통점은 중·고등학교 시절의 강요·강제된 규제의 답답함일 것이다. 아무리 학생의 인권을 존중하고 자율적으로 운영하는 학교라도 학생 입장에서 보면 자율은 자유 비슷한 이름일 뿐 자유가 아니다. 자율을 앞세운 교칙도 규칙도 규정도 규제도 모두 구속으로 느낄 뿐이다. 그럴 때 만만한 게 교복이다. 정해진 교복을 슬며시 다르게(짧게-길게, 헐렁하게-조이게, 그 외의 방법은 별로 없다) 고쳐 입는 것은 '멋대로' 할 수 있는 것이 마땅찮은 시절에 나름의 저항이기도 하다.

옷 수선집 간판사진 아래쪽 전화번호에 눈길이 머문다. 아라비아 숫자의 정수리만 보인다. 상상하는데 「내멋대로」보다 더 큰 자유가 어디 있으랴(아라비아 숫자 0, 2, 3, 6, 8, 9의 머리는 낙지머리를 닮았다).

016-0100-0000 019-2368-3689 010-6209-9006
010-0123-0236 010-3690-0982 010-9236-0303
010-0136-2369 019-6339-6969 010-3693-8989
???-????-????

낙지머리를 닮은 번호는 갯벌의 낙지(주꾸미여도 괜찮다)만큼 많다. 고칠 옷은 맡기지 않고 전화번호를 「내멋대로」 상상하고 걸고 싶다. 여보세요? 누구세요?(물음표도 낙지머리를 닮았다).

너는
나다

나도
너다

서울 지하철 2호선 구의역에서 스크린도어를 혼자 수리하던 외주업체 직원 김 모(19세) 씨가 열차에 치어 사망하는 사고(2016년 5월 28일)가 발생했다. 이 일은 단순히 개인 과실이 아닌, 근본적으로 열악한 작업 환경과 관리 소홀에 의해 일어났기에 사고 아닌 사건이다. 사건을 사고로 보(려)는 시각에는 사건의 본질을 감추거나 축소해 문제의 핵심을 흐리고 책임을 회피하려는 불순함이 숨겨져 있다. 사건 이후 구의역 승강장(9-4)에는 많은 조화가 놓이고 벽에는 추모의 글이 가득 붙었다(단순한 사고라면 얼굴도 모르는 청년의 죽음에 이토록 많은 시민이 사건 현장을 찾아와 안타까워하겠는가). 어떤 글은 짧고 어떤 이는 대자보를 붙이기도 했다. "고인의 명복을 빕니다", "지켜주지 못해 미안합니다", "잊지 않겠습니다"가 가장 많았다. "이렇게 죽어도 되는 사람은 세상에 한 명도 없다. 당신은 살았어야 했는데…

미안합니다.", "우리가 죄인입니다. 무관심했던 우리가 결국 당신을 이렇게 만들었습니다. 미안합니다.", "당신의 죽음은 개인적인 죽음이 아니라 사회구조적인 죽음입니다.", "19세 청년의 억울한 죽음에 대해 우리는 본질적으로 밝혀야 할 의무를 진다." 등은 불행한 사건의 원인이 사회구조적인 것에 있음을 보여준다. 더 슬픈 글이 있다. "사회구조에 죽임을 당한 19세 영혼의 명복을 빕니다. 하늘에서 천천히 맛있는 밥 드시길 바랍니다." 죽은 청년의 가방에서 나온 컵라면은 '우리를 슬프게 한다'. 더 근본적으로 슬픔과 비극을 끌어안는 글을 보았다.

「**너는 나다. 나도 너다. 마음이 아프다. 미안하다.**」

우리 모두 그 죽임과 죽음 앞에 자유롭지 못하다. 타인의 불행을 자신의 문제로 생각해야 비로소 사람이다.

농약종묘

생존(생활 아닌 생존이란 동물의 왕국에서나 쓰는 말인데 인간사회에서 버젓이
가르치고 태연히 쓴다. 뜻을 알려 하지 않고 부끄러움도 없이) 경쟁에 나선
자식·후배에게 부모·선배들은 말한다. "약(弱)하면 죽고 강(强)하면
산다." 강한 자만이 살 수 있다니 이런 비극이 없다. 언제 어디 무슨
판이든 강한 자는 소수이고 약한 자는 다수이니, 무릇 사람 사는 세상의
근원이 약한 자와 더불어 사는 마음이어야 하는 데 말이다.

물구나무선 「약」

어느 읍내 종묘상에서 거꾸로 선 「약」자를 본다. 왜 그랬을까. 눈에 잘
띄라고? 그건 아닐 게다. 잘 보이게 하려면 더 크게 쓰면 될 일이다.
필시 깊은 뜻이 있을 게다. 요즘 농가에선 씨를 받거나 씨모를 키우지
않고 종묘상에서 사다 심는다. 농약도 같이 사간다. 모종과 농약을
같이 사간다는 것은 작물의 생장과 같이 하는 해충이 골치 아프다는
말이다. 소출을 위하여 치는 농약은 갈수록 잦아지고 강해진다.
해충도 농약만큼 강해지니 궁극적 해법이 아니다. 약을 많이 쓰면
독약이 되고 독약에 중독되면 해독하려고 약을 쓰니 이런 악(약이 될
리 없는)순환이 없다. 자연농법을 하는 이들은 비료와 농약 이전에
땅심을 살리면(거름으로 몇 년 걸린다) 작물의 힘이 좋아져서 해충에
강해진다고 말한다. 땅심이 좋으면 농약을 조금(아주 안 치면 더 좋고)
쳐도 된다는 말, 그러고 보니 같은 성분이 약(弱)하면 약(藥)이지만

지나치면 독(毒)이더라. 오호라 저 종묘상 주인이 하고 싶은 말은 농약의 역설(약하면 살고 강하면 죽나니…!)이 아닐까.

다섯
평

넓은 땅을 차지하려고 욕심을 부리다 지쳐서 피를 토하고 죽은
이가 끝내 차지한 땅은 그의 몸이 묻힌 만큼이었다고 톨스토이는
말한다(《사람에겐 얼마만큼의 땅이 필요한가》) .
사람이 큰대(大)자로 누우려면 일반적으로(씨름선수가 뒤척이기엔 좁고,
리듬체조선수가 눕기엔 널찍한) 가로×세로 1.8미터 남짓이면 족하다.
넓이로 3.3제곱미터, 즉 한 평(坪)이다.
《월든》,《시민불복종》을 남긴 초월주의 철학자 헨리 데이비드 소로우의
오두막(약 3.0미터×4.6미터)은 채 다섯 평이 되지 않았다.
"전 재산을 굶주리는 북한·중동·티베트·아프리카의 어린이에게 전해
달라"는 유언을 남긴《강아지똥》,《몽실언니》의 작가 권정생 선생은
생전에 다섯 평 흙집에서 살았다. 집은 작았으나 사람이 넓었다. 집은
좁았으나 인식하는 세계가 넓었다. 작은 집에 넓은 세상이 다 들어
있었다. 작은 집이 좁지 않은 너른 사람이었다. 작은 집을 넓게 쓰는 큰
사람.
길 가다 본 카페「다섯평」
가게 평수가 다섯 평이냐고 물었더니 주인이 빙긋! "다섯 평 가게에서
열 평만큼 잘 되시라" 했더니 주인이 다시 방긋!! 내 마음도 덩달아
벙긋!!!
다섯 평이 얼마나 대단한지를 알려면 명동에서 가장 비싼 땅값(2억
5000만 원/3.3제곱미터)을 보면 알지. 그런데 돈으로 돈을 쌓는(돈이 돈을
먹어 하루에 허물어질 수도) 다섯 평보다 더 넓은 다섯 평은 농사짓는 다섯
평이지. 일 년씩 빌려 주는 주말농장이 대부분 다섯 평. 게으른 사람은
풀밭을 만들지만 바지런한 주인은 날마다 갖은 채소의 잔치를 벌이지.
같은「다섯평」이 주인 따라 한 평도 되고 열 평도 되지. 사람 따라
좁아지고 넓어지는 평수. 땅 한 평 없을수록 마음의 평수를 넓혀야.

Down!
Up!
Zero!

1,980원 옛날국수소면 너구리 450원 얼큰한맛 4,280 무원 국산콩두부
가격은 DOWN! 실속ㅇUD 담 ZERO! 태 고추장 원참치 마일드참치
원조 면 식ㅇ유 샤프란 각 6,300 옥시크린 19 13,900원 물 슈 물티수
900 6,2 0원 퐁퐁 각 7,000원 시스마테마칫솔 00 원 1위 당기지
않는 딥 클렌징 11,00 000원 순수 3 깨끗한 나라 24+6 20,900원
맥심모카골드커피믹스 4,480원 반들기름김 +올리브 16 14,500원
햇살담은 1년숙성양조간장 CocaCola 3,390원 코카콜라+환타오렌지
각 00원 14,90 깨끗한나라 3겹 98 무궁화 살균99% 무궁화 살균
99% 사계절 원 90/2,650원 콘푸로스트 4,180원 겔로그 콘푸로스트
3,700원 포스트 콘푸라이트 목장의 신선함이 ,98 5,620원 키스틱 잔치
잔치집식혜 연세두유 2 0원 연세 5,850 해표 포도씨유 카놀라유
3,100원 해표 카놀라유 11 순 는 발효숙성 우리쌀로 만든 ㅊㅁ ㅐ 라면
3,98 참깨라면 1,000 3분카레 2,000원 빠다코코낫 부침가루 튀김가루

쌀 에 따뜻하게 호두아몬드율무차 현미차 180 10,400원 4,500원
5,200원 8,900원 인기 생 용품 초 각4,000원 피죤용기 18,900원
크리넥스 데코앤소프트 8,900원 수퍼타이 하기스 HUGGIES 8,900원
하기스 도톰한물티슈베이직 스카트 6,900원 스카트 항균빨아쓰는타올
신규 점 550원 강원평창수 3,300원 강원평창수 NH카드+N쿠폰
더블 할인전 10월 20일부터 10월 31일 까지 사골곰탕 사골도가니탕
소머리곰탕 3,600원 한우사골진한곰탕 6,200원 한우사골도가니탕
4,700원 한우소머리곰탕… 더 작은 글자들은 희미하다. 무늬같이.
광고지 위에 널린 무말랭이 사이로 먹어 본 것과 모르는 것들이 섞여
있다. 가격·실속·부담을 앞세운 「Down! Up! Zero!」 자꾸만 -, +,
0로 읽힌다. 사진 속의 상품들과 무말랭이가 끝내 마르면, 플러스(+)
마이너스(-) 제로(0)가 될 것이다. ±=0. 심오한 법문이 무말랭이에
가려져 있다.

닭다리

우리 사회에서 남자들끼리는(여자도 그럴 것이지만) '정치관은 같고 이성관은 달라야' 서로 친해진다는 우스개가 있다. 취미·취향이 같은 친구끼리는 어울림이 잦고 대화가 풍부하다. 식성이 비슷하면 여행길이 더 즐겁다. 가끔 맥주를 같이 마시는 친구가 있다. 그이는 튀긴닭·구운닭·삶은닭 가리지 않고 가슴살만 먹는다. 나는 팍팍한 가슴살을 좋아하지 않는다. 그래서 둘이 만나면 가슴살은 그 친구가 먹고 나는 다리와 날개를 먹는다. 서로 싫어하는 맛을 피하고 좋아하는 부위를 즐기니 서로 다른 입맛에 평화가 깃든다.

어느 날 지하철에서 엄마 따라 길을 나선 어린아이를 보았다. 노란가방 둘러메고 두 손으로 잡고 있는 빨간색 「닭다리」 과자. 얼마나 맛있으면 저렇게 꼬옥 잡았을까. 노란가방 안에 「닭다리」 한 봉지 더 있지 않을까. 「닭다리」는 어떤 맛일까 궁금해지고, 불현듯이 닭가슴살만 먹는 친구가 보고 싶더라. 집에 오는 길에 맥주와 「닭다리」를 샀다.

과자봉지 겉에는 "후라이드 치킨 맛. • 재미있는 닭다리 모양에 빵가루를 뿌려 고소하고 바삭한 치킨맛 스낵입니다. • 아메리칸 스타일의 정통 후라이드 치킨맛을 언제 어디서나 즐길 수 있는 스낵입니다. • 원재료명 및 원산지:소맥분(밀;미국산), 빵가루[소맥분(미국산, 호주산), 효모, 정제염(국산), 대두분, 유화제], 전분, 팜유, 고올레산카놀라유, 증숙감자, 치킨추출농축액,

후라이드치킨시즈닝, 감자분말, 정제염, 탈지대두(대두) •특정성분함량 및 원산지: 닭고기 3.4%(국산)" 포장 속에는 "닭다리스낵을 먹으면서 숨은 그림을 찾아보세요! 〈숨은그림〉 액자, 줄자, 붓, 달팽이, 소세지, 잎, 뱀." 과자와 재미를 같이 파는 상술. 하지만 아쉽구나. 숨은그림에 닭다리가 있었다면 더 재밌을텐데…. 포장지 디자이너, 그걸 놓쳤다.

담배를
피우지 않는
사람에게

담배를 피우지 않는 사람에게
담배연기는 고통입니다.

일상에 가장 흔한 영어는 아마 No smoking일 것이다. Smoking free도
보이는데 둘 다 담배를 피우지 마라, 금연이다. 하지만 담배를 피우는
사람에게는 금연이야말로 고통이다. 건강에 해로운 담배를 왜 피우느냐,
끊어라. 보건소에서 담배 끊는 약도 주고, 금연학교도 있지만 흡연자는
좀체 줄지 않는다. 점점 흡연자는 사회적으로 환영받지 못하고 괄시
당한다. 공원·정류장·음식점은 당연히 금연이고, 큰 길에서도 눈치
보며 피워야 한다. 하지만 흡연자의 입장에서 보면 담뱃값에 포함된
많은 세금(담배소비세·지방교육세·국민건강증진부담금·연초안정화부담금
·폐기물부담금·부가가치세 등)을 내는데 흡연의 권리를 억제하는 것이
이치에 맞지 않다고 말한다. 미성년자의 흡연은 당연히 보육 차원에서
다룰 일이지만 성인이 되어서 담배를 피우느냐 마느냐는 개인의 선택
문제이며 권리이기도 하다. 개인의 권리는 소중하고 고유하다. 건강에
해롭다고 정책적으로, 사회적 분위기가 호응도가 높다고 금연을
당연하게 생각하며 흡연자를 홀대하는 것은 사회의식의 미성숙성을
드러내는 것이다(선진 외국에서도 다 그렇게 한다고 말한다면 이 사회는 더
미성숙한 것이다. 무엇이 선진이란 말인가). 금연 캠페인을 시작할 때의

담배를 피우지 않는 사람에게
담배연기는 고통입니다.

어린이가 커서 흡연하지 않으면 좋은 일이고, 그 시간을 기다려주는
것이 성숙한 사회다. 술이 건강에 좋지 않다는 걸 알면서 마시는 사람이
있듯이 담배가 해롭다는 것을 알면서도 피울 수도 있다. 흡연자는
범죄자가 아니다. 금연의 날(5월 31일)에 흡연을 생각하며 현수막 하나
걸고 싶다.

**담배를 피우는 사람에게
금연은 고통입니다 .**

당신이

있어

참

다행입니다

당신이 있어 참 다행입니다

어두운 밤길을 더듬거리며 걸어 본 사람은 알지. 가로등 불빛 한 줌이 얼마나 소중한지를…, 불빛은 희미할수록 더 요긴하다는 것을. 배곯아 본 사람은 알지, 따뜻한 밥 한 끼 대접하는 마음이 얼마나 고마운지를…. 억울한 일 당해 본 사람은 알지, 하소연을 들어주는 것이 얼마나 큰 위로가 되는지를…. 외로움을 겪어 본 사람은 알지, 곁에 의지할 누군가 한 사람 있다는 것이 얼마나 큰 힘이 되는지를…. 의심을 당해 본 사람은 알지, 누군가 날 믿어 준다는 것이 얼마나 큰 든든함인지를…. 좌절해 본 사람은 알지, 사소한 말 한 마디가 얼마나 큰 격려인지를….

연탄재 함부로 발로 차지 마라 / 너는 / 누구에게 한 번이라도 뜨거운 사람이었느냐. _〈너에게 묻는다〉, 안도현

시인 안도현은 위 시를 볼 때마다 제목을 고친단다. 너에게가 아니라 '나에게 묻는다'라고. 남에게 묻는 것은 쉬워도 자신에게 묻는 것은 쉽지 않은 일이다(남 탓은 쉬워도 자신을 탓하기는 어렵다). 사랑하는 것보다 사랑받기는 더 어려운 일이다. 나에게 물을 말을 거리에서 만났다. 나는 누구로부터 저 말을 들을 수 있게 살고 있는가, 살아왔는가. 당신은 누구로부터 이 말을 들을 수 있는가.
「당신이 있어 참 다행입니다!」

WM

몇 해 전 어느 출판사 사옥을 디자인할 때 화장실의 남녀 표식은 어떻게
할지 묻기에, 시중에서 파는 기성제품 구입해서 붙이지 말고 새로
만들어 붙이자, 그럼 구상해 달라(건축가는 건축에 관한 여러 분야를 다
만지고 싶어 하지), 궁리 끝에 만들어 붙였지. 여자 화장실: █▄
　　　　　　　　　　　　　　　　　　남자 화장실: ▄█
그런데 말이지, 몇 달 뒤에 가보니 내가 디자인한 것은 사라지고 그
자리에 시중에서 파는 흔한 표식(바지 입은 남자·치마 입은 여자)이 붙어
있었지. 왜 바꿨나를 물으니, 드나드는 사람들이 남·여 구분을 잘

못한다 하더라(나는 그 말을 듣고 아주 쉽게 이해하는 디자인은 무엇일까
반성을 했지).

어느 화장실 앞에는 여자 화장실: W
         남자 화장실: M(영어를 모르는 사람은 어떻게 하지?)

길 가다 보았지. 한껏 멋 부린 「WM」 W를 뒤집으면 M, M을 돌리면 W.
간판 아래 유리창 안을 보니 미용실이더군. 미용실엔 여자·남자 가리지
않고 드나드니 WM이거나 MW여도 아무 탈 없어라. 말없는 글자,
위치하는 장소·공간에 따라 달리(같이) 읽힌다.

도민의
자전거

한반도 구석구석 사람이 사는 곳, 땅 생김 다르듯 먹는 것 말하는
것 조금씩 다르지만 제주도야말로 완연히 다르다. 흔히 제주도를
이국적이라 말하는데 그 정도론 부족하다. 제주도는 그야말로 실존하는
보물섬이자 별도(別島)다. 보라, 행정명도 제주'특별'자치도 아닌가. 그럼
무엇을 어떻게 특별하게 만들고 가꿀까. 우선 정치·경제·문화·환경…
등에 기본적으로 적용할 철학적 신념이 필요하다. 제주도는 특별한
섬, 고유한 섬, 소중한 섬, 나아가 세계에 드문 섬, 그래서 유일한
섬이라는 인식이 출발점일 수 있겠다. 해서 육지(또는 다른 나라, 도시)의
개발유형을 모방하는 정책을 펴지 않는 것이 좋겠다. 빨리 달리는
하이웨이, 주차난으로 싸우는 도심, 자연경관을 해치는 고층빌딩,
고밀도의 아파트, 유행 따라 바뀌는 상가… 등, 그런 것은 어디가나
다 있으니 부디 제주도에선 그런 통속적인 풍경이 안 보이면 좋겠다.
빠른 속도를 탐하는 개발은 결국 빠르게 멸한다. 지속적인 환경의 답은
결국은 느림의 철학에 있는 법이다. '세계 제1호 제주세계환경수도',
'세계가 찾는 보물섬 제주', '탄소제로의 섬 제주', 이는 제주도가
내건 도정 구호다. 환경 목표를 탄소제로로 실천하면 필시 제주도는
세계적인 보물섬이 될 것이다. 그 가능성을 제주 시내를 걷다가 만났다.
「도민의 자전거」를 내건 자전거포. 슬쩍 생각한다. 제주도민 전체가
자동차를 버리고 자전거를 탄다면…, 관광객도 렌터카를 버리고

자전거를 탄다면…, 직선의 자동차길 없애고 곡선 길 늘리고. 가히
자전거의 섬을 꿈꿀 만하다. 아니 자전거의 꿈이다. 자전거도 없이
걸으면 더 좋고.

독도는
우리땅

'독도는 우리땅'이라는 말을 들을 때마다 찜찜하다. 같은 말을
계속 듣자니 지루하고 짜증난다. 대한민국-일본 사이의 독도 분쟁.
억지로 거는 시비에 걸려, 안 해도 될 일을 할 수 없이 한다. 일본은
주장(공격)하고 대한민국은 설명(방어)한다. 본디 싸움이란 거는 놈은
신나고 막는 놈은 피곤한 법, 서로 핏대를 세우지만 해결책은 안
보인다. 답답하다. 그러는 중에 슬그머니 일본의 주장과 비슷한 논리를
펴는 뇌다공증(腦多孔症)환자들도 생겨난다. 갑갑하다. 서로 '제 논에
물대기'로 들이대는 사료·자료·논거 역시 '그 나물에 그 밥'으로
보이니 밥맛도 입맛도 시들해지는 느낌이 든다. 이럴 때가 위험하다.
일본이 노리는 것이 바로 독도에 대한 대한민국의 인식·감정이
시들해지기를 계산하는 장기적인 분쟁이다. 시간을 끌수록 남는 장사가
됨을 계산하고 있다. 영토 점령은 단기전이 있지만 역사전쟁은 언제나
장기전이다. 독도문제가 바로 그렇다. 시들해지면 지는 거다. 우리가
시들해지면 일본은 독도를 되찾았다고 우길 것이다. 유럽(백인)이 이미
수천 년을 살아온 원주민을 외면하고 신대륙을 '발견'했다고 하는
오만처럼.

독도는 우리땅

낡은 트럭 적재함에 붙은 「독도는 우리땅」을 보았다. 매연을 마시면서도
의젓하다. 문득, 타이어 상표를 '독도'로 하면 어떤가. 세계를 구르며
외친다. '독도는 우리땅'이라고. 스마트폰도 '독도'라 붙이자. 온 대륙에

'독도는 우리땅'이 퍼지게. 우리가 잘 만드는 컴퓨터·냉장고·티브이…
이름에도 '독도', 라면에도 '독도', 아, 그래 '독도는 우리땅'. 우리 스스로
독도를 '재발견'하자.

돈까스

돈까스집 로고가 어딘가 낯익다. 그렇구나. 담뱃가게를 알리는
로고였구나. 담배를 피우지 않는 사람도 아는 국민 로고, 담뱃가게 없는
동네가 어디 있으랴.

파란색 바탕, 단순한 ○ 속에 붉은색 담배, 오래가는 저 담배 로고는
'사단법인 한국담배판매인회'에서 만든, '⑲세 미만 청소년에게는
담배를 판매하지 않습니다'를 알리는 선별적 부정형의 문장이다. 한복
입고 팔 벌린 호랑이는 반갑게 누군가를 맞이하지만 ⑲세 미만은
사절한다.

돈까스집 로고는 '묻어가기' 전략이다. 많이 알려진 것을 원본으로 삼되
약간의 변화를 준다. 분명 없을 '사단법인 한국돈까스중앙회'의 명의를
내걸고, '⑲세 미만 청소년에게도 돈까스를 판매합니다' 무한긍정의
선언이다. 한복 입고 팔 벌린 호랑이의 머리·팔·발·꼬리에 붉은색을
입혀 친근감을 높인 호랑이가 '오라! 돈까스 집으로! 어서 오라'고
반긴다. 맛보진 않았지만 맛있을 거다. 조금 바꾼 듯 보이지만 부정에서
긍정으로 의미를 바꾼 솜씨를 보면 분명 돈까스도 맛있을 거다. 긍정의
힘은 돈까스도 '춤추게 한다'.

돈방석

방석은 '앉을 때 밑에 까는 작은 깔개'다. 바닥이 거칠거나 딱딱할 때
맨바닥에 앉지 않고 방석을 쓰면 엉덩이가 편하다. 바닥이 차거나
더울 때도 방석을 쓰면 편안하다. 4각 모양이 흔하지만 8각이나 둥근
방석도 있다. 만든 재료에 따라 솜방석, 왕골방석, 밀대방석이라 하고
예쁘게 꾸민 것은 꽃방석이다. 방석은 사용하는 계절과 용도에 따라
재료와 생김이 다르다. 방석은 좌식생활에서 연유한 생활용품이지만
입식생활에서도 많이 쓰인다. 고정된 거주공간에서 쓰이던 것이
이동수단(자동차·비행기·여객선)에서도 쓰인다. 사회적 풍정의 비유에도
쓰이니, 힘 있는 자리에 있는 것을 '비단방석에 앉았다'고 한다.
비단방석도 꼼짝 못하는 방석이 있으니 바로 돈방석이다. 솜방석은
방석 속에 솜을 채운 것인데 그럼 돈방석의 속은 무엇으로 채웠을까.
금은보화는 단단한 물질이라서 깔고 앉기에는 적당치 않으니 베개나
사방침에 가까운 용도였을 것이다. 돈방석은 침구로서 몸과 찰싹 붙어
있으니 도난의 불안을 덜 느끼고 소유의 기쁨은 더 클지도 모를 일이다.

실제로 돈방석을
만들려면 종이돈으로는
가능하다. 종이라는
재료는 단단하고 질기게
가공할 수도 있지만 무엇보다
부드러운 것이 특징이니, 지폐를 구겨서
속을 채운다면 가볍고 푹신한 방석일 것이다.
모두 부러워하는 「돈방석」을 보며 드는 생각. 돈(뇌물)의, 돈(빽)에
의한, 돈(권력)을 위한 듯 부정부패가 횡행하는 시대. 국민의 세금으로
월급 받는 모든 공무원에게 바늘방석을 선물하면 어떨까. 그들이
스스로 바늘방석에 앉은 듯이 몸 낮춰 일하면 더 좋고. 여러 방석 중에
최고의 방석은 일하는 방석이다. 쪼그리고 허리 굽혀 힘들게 밭일할
때 엉덩이에 매달아 쓰는 엉덩이방석. 사람을 편하게 하는 데 이만한
방석이 어디 있으랴.

동수가
간다

길가 음식점 앞, 빨간 배달통에 새겨진(긁느라 시간이 좀 걸렸을) 문장을
읽는다. 「동수가 간다」

'바늘 가는 데 실 가듯', '봉 가는 데 황 가듯', '범 가는 데 바람 가듯',
주문한 데 배달 간다. 갈 데(때가 아니다) 가더라도 '말 갈 데 소 가듯'
하면 헛걸음이다. 음식배달은 생각만큼 쉽지 않다. 음식만 놓고 오는
것이 아니라 사람을 만나야 하기 때문이다(사람이란 늘 불가한 존재.
'사람만이 희망'이기도 하지만 사람만이 문제이기에). 늦었니, 식었니, 맞니
다르니, 잔돈이 있니 없니, 다른 거 추가하니 안하니, 양이 적으니
줄었니, 가끔 맛없다(그건 주방장의 책임이지만 주문자는 배달꾼을
주방장으로 친다)는 말을 듣기도 한다. 만만치 않은 일에 굴하지 않고
배달통에 이름을 새긴 대견한 「동수」

김동수, 이동수, 박동수, 최동수, 정동수, 강동수, 조동수, 윤동수, 장동수,
임동수, 오동수, 한동수, 신동수, 서동수, 권동수, 황동수, 안동수, 송동수,
유동수, 홍동수, 전동수, 고동수, 문동수, 손동수, 양동수, 배동수, 백동수,
허동수, 남동수, 심동수, 노동수, 하동수, 곽동수, 성동수, 차동수, 구동수,
우동수, 주동수, 나동수, 민동수, 진동수, 지동수, 엄동수, 원동수, 채동수,
천동수, 공동수, 현동수, 방동수, 변동수, 함동수, 염동수, 여동수, 추동수,
도동수, 석동수, 소동수, 선동수, 설동수일까. 마·길·위·연·동·표·명·
기·금·왕·반·옥·육·인·맹·제·탁·모·남궁·어·국·은·편·용·예·
봉·경·사·부·황보·가·복·목·태·형·피·계·감·음·두·동·온·
제갈·사공·호·하·빈·선우·범·갈·좌·반·팽·승·간·간·상·시·
서문·단·견·창·당·순·화·종·독고·옹동수…? 누구일까.
혹 내 친구의 조카(혹 조카의 친구)일지도 몰라. 대견한 배달민족의
일원인 「동수」

떡

동네시장을 지나다 어느 떡집 앞 깔판에 세워놓은 작은 이동식
세움간판을 보았다. 크기는 사방 두 뼘 남짓, 합판 바탕에 흰 페인트를
칠하고 붉은색으로 그리고 썼다(쓰고 그렸는지도…). 집의 겉모습으로
화면을 채우고 그 안에 빈 방이 들어앉았는데 한쪽 열린 벽에는
글자 하나 섰다. 「떡」하니 썼다. 기와지붕 용마루 한 쪽 끝엔 집안을
살피는(지키는) 새가 앉아 있다. 무슨 집인가. 떡이라는 글자에 그림은
집, 떡집이다(집이라는 그림에 떡이라는 글자, 집떡이어도 상관없다). 집
그림은 가래떡처럼 이어지게, 떡 글자는 인절미 반죽처럼 차지게. 간판
디자인이 어쩌고 글자 디자인이 저쩌고 하는 말이 무색하다. 저런
간판을 그릴 사람이 떡을 빚으면 맛을 안 봐도 맛있다. 그 떡집 앞에서
나는 절로 어린 시절로 잠겨 들었다. 어렸을 때 나는 어머님에게 자주
이야기를 해달고 졸랐다. 몇 번씩 듣는 이야기가 지루해지면(어머님은 더
피곤하셨을 것이다) 다른 이야기를 해달라고 자꾸만 졸랐다. 그럴 때마다
어머님은 귀찮은 내색 없이 이야기보따리를 풀어 놓으셨다(아! 자상하신
어머님).

옛날에 몹시 가난한 집에 착한 딸이 있었다. 나이가 차기 전에 부잣집

며느리로 팔려갔다. 살림을
잘하여 시댁에서 귀여움을
받게 되니, 어느 날 시아버지가
사돈을 대접하려고 청했다.
먼 길을 온 아버지를 몇 년

만에 본 딸이 아버지에게 "저녁을 드시기 전에 뭘 좀 차려 드릴까요?"
하니, "얘야, 술안주에는 떡이 좋다더라." 그 말을 들은 딸은 그만 울고
말았다. 술과 떡을 같이 먹어본 적이 없는 가난한 아버지, 술안주에는
떡이 '좋다더라'는 말에 술도 떡도 먹지 못하는 가난한 친정을 생각하고
울음이 터진 딸.
어릴 적 들은 이야기를 나는 아직도 세상에서 가장 슬픈 이야기로
기억하고 있다(어머님, 제 가슴에 이런 아픔을 가르쳐주셔서 고맙습니다).
그런데 그 기억이 하필 그 떡집(집떡) 앞에서 살아난단 말인가.

뚝 떡

요즘엔 무슨 말이든 줄이려 하지. 길어서 줄이는지, 재미로 줄이는지
이유는 몰라도 줄어드는 것은 사실이지. 짧은 이름인데도 줄어들어
변해버린 바다생선을 보았지.

문) 돌돔을 한 글자로 줄이면?
답) 뚬.

김떡순을 아시는가. 누군가의 이름 같지만 김떡순은 김·떡·순,
김밥·떡볶이·순대를 말하지. 라면·쫄면·냉면·어묵·튀김을 파는
집에서도 김떡순을 만날 수 있지. 김떡순 하나를 주문하면 고소한
밥맛, 매콤한 떡맛, 야채·당면 섞인 고기(피)맛을 함께 즐기지(김밥과
순대를 떡볶이 양념을 묻혀먹는 사람이 많지. 안 시켜도 그냥 주는 어묵
국물을 같이 마시면 더 맛이 나지). 김떡순은 준말이면서 섞인 말이자
섞인 맛이지. 말이 섞이면 맛도 섞이지. 짬짜면(짬뽕+짜장면),
오삼(오징어+삼겹살)불고기, 낚곱(낚지+곱창)전골…, 아예 시작부터 섞인
섞어찌개와 잡탕도 있지. 사람 사는 세상에 사람이 섞이듯, 섞이지
않으면 세상이 아닌 듯, 늘고 줄며 (줄고 늘며) 섞이지.
어느 시장통에서 「뚝떡」을 보는데 경상도 청도에 있는 음식점
'니가쏘다쩨'가 떠올랐지. 그곳에선 전혀 어울릴 것 같지 않은 피자와

짬뽕을 같이 팔지. 주인(개그맨 전유성)의 착상이 기발하지. 어린이는
피자, 어른은 짬뽕. 여럿이 와서 둘 다 시켜서 나누어 먹는 이들이
많지. 소문나고 붐비는 명소가 되었지(보통사람 같으면 가게이름을
피짬·짬피·피뽕·뽕피 아니면 피자+짬뽕으로 했겠지만 그럴 사람이 아니지).
「뚝떡」은 뚝딱 지은 상호가 아니지.
뚝떡=뚝배기+떡볶이.
가게가 문을 닫아 맛을 보진 못했지. 무슨 맛일까. 혹시 '뚝배기보다
장맛' 아닐지.

뛰는 길

뛰는 길

도(道), 로(路)는 길, 가(街), 항(巷)은 거리를 뜻하는 한자다. 국도, 고속도로, 종로3가… 등은 쓰면서도 재미가 없고 형식적이다. 우리말에 길들은 재미가 넘친다. 큰길·한길은 사람이 많이 다니는 넓은 길, 앞길·옆길·뒷길은 집이나 마을을 중심으로 난 길, 논길·밭길은 논과 논, 밭과 밭 사이에 난 길, 산에는 산길, 숲에는 숲길, 한 군데로만 가야 하는 외길 혹은 외통길, 어디로 갈까 갈림길, 배를 타면 물길, 기차를 타면 기찻길, 오르락내리락 언덕길, 걷기 힘든 눈석잇길·흙탕길·진창길, 길에도 위아래가 있어 윗길과 아랫길, 호젓한 오솔길, 숨바꼭질 하고 싶은 고부랑길, 모든 길은 하루에 한 번 밤길이 되었다 새벽길이 되지. 날씨 따라 달리 불리는 빗길과 눈길, 바쁠 때 질러가는 지름길, 천천히 돌아가는 에움길, 넘어지지 말아야지 비탈길, 심심해서 다니는 마을길, 언제나 정다운 고샅길, 요즘엔 볼 수 없는 황톳길, 막으면 썩는 물길, 트이면 기분 좋은 바람길, 철따라 피어나는 꽃길, 잠깨면 안 보이는 꿈길, 잘못하면 한 번에 훅~! 가는 황천길, 돌아올 수 없는 저승길… 등.

태초엔 길이 없었다. 다니다보니 길이 되었다. 모든 길은 지표면에 새겨진 상처. 새로운 길이 닦이는 사이 쓰지 않는 길은 없어진다. 잊힌 길을 찾고 잇기도 한다. 제주 올레길을 시작으로 전국에 걷기 열풍이 일었다(그 전에 사람들은 걷기를 몰랐던 것처럼, 마치 걷기를 처음 발견한 것처럼 열광했다. 앞만 보고 뛰던 지난 시절에 대한 반성이었나). 여기저기 걷는 길 – 지리산둘레길·남해바랫길·군산구불길·울진십 이령길·소백산자락길·청풍호자드락길… 등 – 이 만들어졌다. 이어 그냥 걷는 것이 심심했는지 너도나도 바퀴를 굴리기 시작하니 전국의 바다·강·하천·구릉·벌판에 거미줄같이 자전거길이 만들어졌다. 유행을 따르는 길에 욕망의 이름이 새겨졌다.

「뛰는 길」

나는 뛰고 싶지 않다.

마지막
기회

충청북도 충주시 계명산과 남산이 이어지는 곳에 마즈막재가 있다. 먼 옛날 충주포도청으로 끌려가던 죄수들이 고개를 넘으면 살아 돌아오지 못하고 세상과 마지막이 된다는 데서 유래한다. 어디 고개에만 마지막이 있겠는가. 늦은 밤 어디론가 떠나는 마지막 열차와 버스도 있고, 영업집엔 날마다 마지막 손님이 있고(만약 없다면 그날 손님이 하나도 없었다는 우울한 얘기), 여행은 할 때마다 마지막 날이 아쉽고, 배고플 때 먹는 밥은 마지막 숟가락이 작아 보인다. 모든 작가는 마지막 작품(걸작이든 졸작이든)을 남긴다. 영화는 대개 마지막 장면으로 기억되며 마지막 문장이 압권인 소설은 얼마나 많은가. 알퐁스 도데의 〈마지막 수업〉에 나오는 불어는 일제강점기 시절의 조선어와 겹쳐 마음이 편치 않다. 오 헨리의 〈마지막 잎새〉에서 그려진 담쟁이 이파리는 오늘도 지지 않고 있다.

'마지막 잎새'가 새겨진 노래비(경북 경주시)도 있다. 1960년대 최고의 트로트 가수 배호(1942~1971)가 부른 〈마지막 잎새-정귀문 작사, 배상태 작곡〉의 노랫말은 1절과 2절 모두 '마지막 잎새'로 끝난다. "그 시절 푸르던 잎 어느덧 낙엽지고 / 달빛에 서있는 외로운 가지 / 바람도 살며시 비켜가지만 / 그 얼마나 길고긴 기다림이었던가 / 아쉬움에 떨어진 마지막 잎새 // 싸늘히 부는바람 가슴을 파고들어 / 오고가는 발길도 끊어진 거리 / 애타게 부르며 서로 찾을걸 / 어이해

보내고 마음을 조이는가
/ 따뜻한 봄 기다리는
마지막 잎새"
길 가다 보았다.
「마지막 기회」
마지막은 '시간상이나
순서상의 맨 끝'이지만 기회를 잡은
처지에서는 끝이 아닌 시작일 것이다. 아니 마지막은 시작과 끝의
사이에도 있다. 일상에서 의식하지 않는 시간도 실은 마지막이다.
오늘은 내일이 오면 돌아오지 않는 마지막 날(시간)이며, 지금 이 순간의
풍경도 엄밀히 말하면 되돌릴 수 없는 마지막 풍경(빛 또는 파장)이니
인간은 늘 마지막을 사는 존재다.

막걸리 전문점
井

속 좁은 사람은 '우물 안 개구리', 성미 급한 사람은 '우물에 가서 숭늉 찾'고, 융통성 없고 처신할 줄 모르는 사람은 '우물 옆에서 목말라 죽'고, 심술 사납고 심보 고약한 놈은 '우물 밑에 똥 누'고, '함정에 든 범'은 '우물에 든 고기'와 같은 말, '우물을 파도 한 우물을 파라'는 어르신들의 지당하신 말씀, 어른이 젊은이를 보면 언제나 '우물가에 애 보낸 것 같'고, 세상 살다보면 '목마른 놈이 우물 파는' 수도 있고, '침 뱉은 우물 다시 먹'는 일도 생기고, '같이 우물 파고 혼자 먹는' 못된 놈도 있고, 세상에 '김 씨가 한 몫 끼지 않은 우물은 없다'지만 이·박·최·정·강·조·윤·장 씨도 꽤나 많지, 인생 살다보면 '굴우물에 돌 넣기'처럼 제 힘으로 도저히 해낼 수 없는 일도 있어, 아무래도 '우물에도 샘구멍이 따로 있'는 것 같아, '동네 처녀 바람'나는 '앵두나무 우물가'엔 언제나 '우물 공사'가 벌어져 임자 없는 말들이 물 솟듯하는 데, 어디 '우물 좋고 정자 좋고 다 좋은 집 있나'.

도시에서 사라진 우물을 술집 간판으로 만난다.

「막걸리전문점 井」

막걸리가 나오는 우물, 생각만 해도 입이 벌어진다. 설화에 술 나오는 우물이 여럿 전한다. 한 번에 한 잔씩만 마셔야 하는데 목마른 스님이 여러 잔 마셔 말랐다는 우물, 양반이 가면 약주가 나오고 상놈이 가면 막걸리가 나오는데 상놈이 양반 옷을 입고 약주를 마신 탓에 말라버렸다는 우물, 술 좋아하는 아버지를 위해 이상한 돌을 넣어 술이 나왔다는 우물도 있다. 실제로 주천(술샘)이란 지명도 있다. 우물에 술이 가득해도 두레박이 있어야 뜬다. 요즘 우물(井)엔 점(﹅)이 없다. 원래 우물(丼)엔 두레박(﹅)이 있었는데.

맥주도둑
짝태

밥도둑은 '입맛을 돋우어 밥을 많이 먹게 하는 반찬 종류를 비유적으로 이르는 말'이다. 밥도둑의 대명사는 간장게장·굴비·젓갈이지만, '제 눈에 안경'이듯 제 입에 맞는 반찬은 모두 밥도둑이다. 밥에도 도둑이 있는데 술엔들 도둑이 왜 없을까. 이를테면 와인에는 치즈, 막걸리에는 빈대떡, 소주엔 삼겹살구이가 대표적인 술도둑이다(물론 도둑이 좀도둑에서 큰도둑까지 다양하듯 안주도 싸구려에서 금보다 비싼 것까지 별 종류가 다 있다). 밥과 술에 도둑이 붙는 데는 다 이유가 있으니 우선 수많은 사람이 공감하는 맛이어야 한다. 제 아무리 별미라도 백에 한 사람만 좋아하는 맛이라면 밥도둑·술도둑이 될 수 없다. 어느 술집에 붙어 있는,

「맥주도둑 짝태」
짝태는 명태의 배를 갈라 내장을 꺼내고 북어와 황태, 먹태와는 다르게 소금에 절여 넓적하게 반건조한 것이다. 북한의 함경도 지방의 특산물로 사투리로는 '쫀득이'라고 한다.

그래, 시원한 맥주를 들이켠 후 씹는 짝태 안주는 참 맛있지. 그런데 「맥주도둑 짝태」를 설명한 위 글을 몇 번을 다시 읽어도 입에 쓴맛이 돌고 찝찝하다(당신의 마음은 편안하신가). 명태의 다른 이름,

춘태·추태·동태·망태·조태·진태·백태·강태·선태…등의 설명이
빠져서가 아니다. '북한 함경도 지방'이라는 표현 때문이다. 글과 말은
의식을 드러내는 법. '북한의 함경도'라는 표현에서 나는 분단국가의
비극을 느낀다. '북한의 함경도', 즉 함경도는 '남한'이 아니라는 분단/
분열/분리의 무의식적 말의 습관. '북한의 함경도'라 하지 않고 그저
'함경도'라 하면 어떤가. 누군가 '북한의 백두산'하면 얼마나 어색한가.
그저 백두산이면 좋듯이 그저 함경도면 족하지 아니한가. 동해와
북태평양을 경계 없이 유영하던 명태는 반건조되어 술집 벽에 붙어
있고, 한 술꾼은 경계 없이 걷고 싶은 짝태의 고장엔 가진 못하고 겨우
동네술집 벽에 시비나 걸고 있다.

맥주 도둑 짝태
짝태는 명태의 배를 갈라
내장을 꺼내고 북어와 황태 먹태와는 다르게
소금에 절여 넓적하게 반건조한 것이다.
북한의 함경도 지방의 특산물로
사투리로는 '쫀득이'라고

맹세합니다

맹세합

1. 휴대폰은 같아도 서비스
달라질 수 있습니다.
휴대폰은 팔아도 양심은
어설픈 사은품으로 고
사은품 살돈 아껴서 고
매하겠습니다.
지 부가서비스를 끼
전과 후가 바뀌지
속이지 않고 양
겠습니다.
긍금한 점 한

니다

· 감동은

달지 않겠습니다.
현혹하지 않겠습니다.
님들께 저렴하게

달지 않겠습니다.
겠습니다.
신뢰, 믿음으로

적히 알려드리겠습니다

큰 길에 펄럭이는 맹세문. 읽어보니 맹세할 내용이 아니라 당연한
상도의에 해당하는 것이다. 당연함을 맹세해야 하는 시장에선 '양심은
팔지 않겠'다는 말도 허언으로 들린다. 어떤 점포에 붙은 맹세문을 보니,
무심히 떠오르는 것.

'국기에 대한 맹세'
나는 자랑스런 태극기 앞에 조국의 통일과 번영을 위하여 정의와
진실로서 충성을 다할 것을 다짐합니다. _1968년
나는 자랑스런 태극기 앞에 조국과 민족의 무궁한 영광을 위하여 몸과
마음을 바쳐 충성을 다할 것을 굳게 다짐합니다. _1974년 이후
나는 자랑스러운 태극기 앞에 자유롭고 정의로운 대한민국의 무궁한
영광을 위하여 충성을 다할 것을 굳게 다짐합니다. _2007년 이후

수십 년 동안 '나는 자랑스런 태극기 앞에' '다짐합니다'는 시작과 끝은
그대로, 내용은 이렇게 변했다.

조국·통일·번영·정의·진실·충성
↓
조국·민족·무궁·영광·충성
↓
자유·정의·대한민국·무궁·영광·충성

짜 맞추는 그림처럼 이리저리 살펴본다. 문장 속에 시대가 들어 있다.

문전선수 옷

문전수

유니폼은 학교·관청·회사·단체 등에서 정하고 입는 제복인데 그 중
가장 흔한 것은 단체경기를 하는 선수들이 입는 옷이다. 비슷한 실력과
기량을 가지고 있어도 유니폼이 멋있으면 더 근사해 보인다. 유니폼은
선수 개인을 멋있게 보이기도 하면서 같은 팀이라는 단체·집단성을
강화시킨다. 유니폼의 기능에서 집단성을 잘 보여주는 예가 군복이다.
같은 군복을 입은 수백, 수천, 수만의 병사가 자로 잰 듯 행진하는
장면은 집단성의 극치 – 희열과 공포 – 다.

제복 착용은 구성원 간에 동질감 상승효과를 준다. 같은 옷을 입고
일(노동·경기·놀이)을 하면 같은 구성원 사이에 동료의식이 더욱
강해진다고 한다. 공장에서는 생산성이 높아진다는 연구도 있고, 동료
간에 무슨 옷을 입을까 하는 심리적 경쟁과 부담을 없애 관련비용을
줄인다는 관찰도 있다.

경찰관·소방관·의사의 정해진 복장은 신뢰감을 높이기도
한다(신뢰감은 제복 입은 이들의 직능과 직업에 대한 절대적 책임감에서 온다.
반대로 무책임이 얼마나 무서운 것인지를 보여주는 예가 있다. 바로 세월호

침몰사건-2014년 4월 16일, 인천에서 제주로 가던 여객선이 전라남도 진도군 조도면 부근 해상에서 침몰해 304명이 사망, 실종되었다. 사고 때 선장은 승객을 버리고 탈출했는데 선장복을 입지 않고 있었다. 탈출한 선원들도 마찬가지. 만약 선장과 선원들이 유니폼을 입고 있었다면 승객을 버리고 먼저 탈출할 수 있었을까). 반면 제복은 지나친 표준화·획일화로 개인의 창의성을 억누르고 몰개성화 하는 부정적 측면도 있다.

길 가다 보았다. 「문전선수옷」

아니, 문전선수라니. 선수 중에 '간판선수'는 들어 봤어도 '문전선수(門前選手)'는 처음이다. 골대 앞에서 골 넣기를 전담하는 선수를 이르는 말인가. 그런 선수는 다른 동료들과 다른 특별한 옷을 입는단 말인가. 그런 옷은 어떻게 생긴 걸까. 한참을 읽어보다, 오호라! 반대로 읽으니 제대로 읽힌다. 「옷 수선 전문」, 가로 세로, 좌에서 우로, 우에서 좌로, 어떻게든 쓸 수 있는 한글의 위대함! 과연 한글은 문자 중에 선수다.

문짝
&
짝문

짝은 '서로 어울려 한 벌이나 한 쌍'을 이르는 명사이면서 '쌍을 이루지 못한' '크기가 다른' 말을 뜻하는 접두사이기도 하다. 단짝일 때는 균형, 짝버선·짝신이면 결핍(짝사랑은 애절함의 극치, 그만한 결핍이 어디 있으랴), 짝귀·짝눈·짝궁둥이일 때는 불균형을 말한다. 볼기짝과 낯짝처럼 접미사로 쓰이기도 한다.

「문짝」을 만드는 목공소를 지난다. 문짝은 '문틀에 끼워서 여닫는 문이나 창 한 짝'을 말한다. 문틀 안에 문짝 있고 문짝 밖에 문틀 있다. 문틀은 고정되고 문짝은 움직인다. 돌아올 때 보니 이번엔 「짝문」이다. '똑같은 문이 왼쪽과 오른쪽에 서로 맞달려 이루어진 문'이 짝문이다. 「문짝」에도 「짝문」에도 들어 있는 짝. 대문이나 창문은 쌍을 이룬 것이 많아서인지 그렇지 않은 것을 구분하여 외짝문으로 부른다. 만약 외짝문을 전문으로 만드는 목공소가 있다면 그 집 앞을 지난다면 '문짝 외' 다 만드는 곳이 될지도 모를 일이다. 위에서 아래로 읽는 간판은 오해가 없지만 옆으로 단 간판은 간혹 엉뚱하게 읽힌다.

젊은 시절, 건축가 여럿이 건축전시회(세상에 화제를 조금 모았지. 타이틀이 '이 시대, 우리의 건축'이었던가)를 열었다. 작은 책자 원고를 좌에서 우로/우에서 좌로 쓰기를 반복하여 썼지. 그러니까 1·3·5·7·9… 홀수 줄은 좌에서 우로, 2·4·6·8·10… 짝수 줄은 우에서 좌로 썼지. ㄹ자 모양의 파이프에 물 흘러가듯 쓰고 그대로 읽어 나가면 된다고

기대했는데(시선이 행간을 옮길 때마다 드는 시간을 줄인다) 대부분
읽지 못하더군(내 의도대로 읽으며 "선배님은 드로잉 하듯 글을 쓰셨군요.
졌습니다." 말하던 눈 밝은 후배가 있었지, 지금 어디서 뭘 하고 사는지⋯).
「문짝」을 「짝문」으로 읽으며, 아, 기회 보아 다시 한 번 ㄹ자 파이프에 물
흘러가듯 글 한 번 써 봐야지.

물고기

물고기

물 없는 곳에 서 있는 「물고기」

물에 대한 향수(鄕愁 아닌 鄕水)일까, 파란 바탕에 하늘로 오르는
「물고기」를 본다.

이름(치: 넙치·갈치·준치…, 어: 광어 숭어 상어…, 리: 가오리·도다리·
송사리…, 기: 큰가시고기·실고기…, 돔: 참돔·붉돔·황돔…, 이: 전갱이·
강달이…, 대: 서대·성대·횟대…, 미: 가자미·노래미…, 둑: 가실망둑·
흰줄망둑…, 복: 검복·졸복·말복… 등)은 다양해도 물을 떠나 살 수 없다는
것이 공통의 운명. 물고기에게 물은 자유이자 구속(자유롭게 나는 새에게
허공이 자유이자 구속이듯)!

물 없는 허공에 사는 물고기가 있다. 바로 나무로 만든 물고기(木魚)다.
범종, 법고, 운판과 함께 불전사물 중 하나인 목어는 물속에 사는 모든
중생을 제도한다는 상징적인 의미를 지닌다. 통나무를 물고기 모양으로
조각하고 복부에 해당되는 부분을 비워서 나무막대기로 쳐 소리를
낸다.

물고기는 죽은 후 나무의 몸을 입어/ 영원히 물고기 되고/ 나무는 죽은
후 물고기의 몸을 입어/ 여의주 입에 물고/ 창자를 꺼내고 허공을
넣으니/ 물고기는 하늘을 날고/ 입에 문 여의주 때문에 나무는/ 날마다
두들겨 맞는다/ 여의주 뱉으라는 스님의 몽둥이는 꼭/ 새벽 위통처럼
찾아와 세상을 파괴한다/ 파괴된 세상은 언제나 처럼 멀쩡하다/ 오늘도
이빨 하나가 부러지고/ 비늘 하나가 떨어져나갔지만. _〈나무 물고기〉,
차창룡

스님들이 쓰는 목탁은 언제나 눈을 뜨고 있는 목어에서 온 것이다.
세상의 안녕과 질서를 지키는 것이 본분인 공공기관 정문마다 저
「물고기」 하나씩 세웠으면 좋으리.

물음표(?)

물음표의 기원에는 여러 가지 설이 있지만 아무래도 마음에 닿는
것은 '남의 말에 기울이고 듣기 위해 사람의 귀 모양을 본 딴 것'이다.
남의 말(주장·견해)을 잘 들어야 이해할 수 있고, 이해해야 물을 수
있다. 간혹 남의 주장을 이해 못(안)하고 던지는 질문하는 경우를
보면, 질문도 답변도 엉뚱할 때가 많다. 동문서답은 답하는 이가 묻는
이의 말을 잘 듣지 못한 것이고, 우문현답은 답하는 이가 묻는 이의
말을 잘 들은 것이다. 철학의 철(哲)은 밝다, 슬기롭다는 뜻인데 그
바탕은 본질·관계·현상·가치·인식에 대해 물음을 품는 일이다.
끊임없이 묻는(배우는 이나 가르치는 이 모두) 태도가 학문이요 예술일
것이지만 물음(가르치는 자나 배우는 자 모두)이 없는 학습이라면 무모한
맹신이거나 세뇌다.
길 가다 말없는 간판을 보았다. 아니 더 많은 말을 거는 간판이다.
보통의 간판처럼 알리는 것이 아니라 묻는 간판이다. 누가 물을 때
답하지 않으면 상대는 무시당했다고 여긴다. 특히 대화(통화·문자) 중에
그런 일이 있으면 기분이 좋지 않다(오죽하면 섭혔다고 할까). 물음에
답하기 곤란한 경우도 있다. 옥신각신할 때다. 지하철에서 아저씨 둘이
뭔 일인지 다투고 있었다(자리다툼인지, 발을 밟고 미안하단 말을 하지
않았는지, 서로 부딪쳤는지…). 처음엔 서로 경우를 따지는 듯하더니, "당신
몇 살이야?" – 나이는 왜 물어. "사람이 경우가 있어야지!" – 경우 없긴

당신도 마찬가지야. "왜 반말이야!" - 반말은 당신이 먼저 했잖아. 이런 말싸움은 구경하는 사람도 지치는데 다투는 이들은 오죽하랴. 그러다 깜짝 놀랄 말이 나왔다. "너 뭐야?" - 그럼, 너는 뭐야? 싸움은 끝났다. 너는 뭐야? 당신은 무엇입니까? 존재를 묻는 심오한 철학적 질문에 두 사람은 침묵에 들어갔다(옆에 있던 나도 나에게 물었다. 나는 무엇인가, 알 수 없었다. 지금도).

민들레

소화불량·간염·기관지염·감기·해열과 소염에 약효가 있다는
민들레의 별명은 앉은뱅이. 밟아도, 밟혀도 다시 일어선다. 질기다
못해 검질기고 끈질긴 생명력의 풀, 오죽하면 민초(民草)에 비유할까.
민들레는 구덕초(九德草)로도 불리는데 아홉 가지 배울 점 - 인(忍)·
강(剛)·예(禮)·용(用)·정(情)·자(慈)·효(孝)·인(仁)·용(勇) - 을 꼽는다.
민들레하면 먼저 격월간 대안교육잡지《민들레》가 떠오르는데
그 잡지 정말 내용 좋고 권할 만하다. 아마 그 책 만드는 이들은
민들레를 닮았을지도 모를 일이다. 민들레의 이미지가 워낙 좋아
식당·카페·교회·공동체… 등의 명칭으로 많이 쓰인다.
내가 아는 최고의 「민들레」는 '민들레국수집'이다. '민들레국수집'은
배고픈 노숙인에게 밥을 해주는 곳인데 돈을 받지 않으니 식당도
아니고, 국수 아닌 밥을 주니 국수집도 아니고, 만우절(2003년 4월 1일)에
시작해서 거짓말 같은데 거짓말이 아니다. 밥 주는 시간을 한두
시간으로 한정하지 않고 긴 시간 문 열고, 줄 서라고 말하지 않고,
하루에 열 번을 먹어도 뭐라 하지 않고, 하느님 믿어라 말도 안 꺼내고,
늘 웃는 그 집 주인장이 책 두 권《민들레국수집의 홀씨 하나》,《사랑이
꽃피는 민들레국수집》)을 펴낼 때 오래된 인연으로 추천사를 쓰는데

눈물이 고였다. 배고픈 이들을 위하는 무명(지금은 유명해졌지만)의
헌신이라니. 처음엔 주방과 식탁 사이에 엉덩이가 닿더니 오는 손님
점점 늘어나 앉을 자리가 넓어졌다. 보이지 않는 후원·봉사자의 응원도
늘어나고. 밥만 줘선 안 된다고 씻을 곳도 만들고, 읽을 책도 갖추고,
공부방도 만들고, 진료봉사를 하는 고마운 일까지….
 '민들레국수집'을 보고 있으면 나라도 못하고 나는 더 못하는 일이어서
그저 속절없이 부끄러울 뿐. 우리를 부끄럽게 만드는 「민들레」.

바 람 이
분 다

살 아 야
겠 다

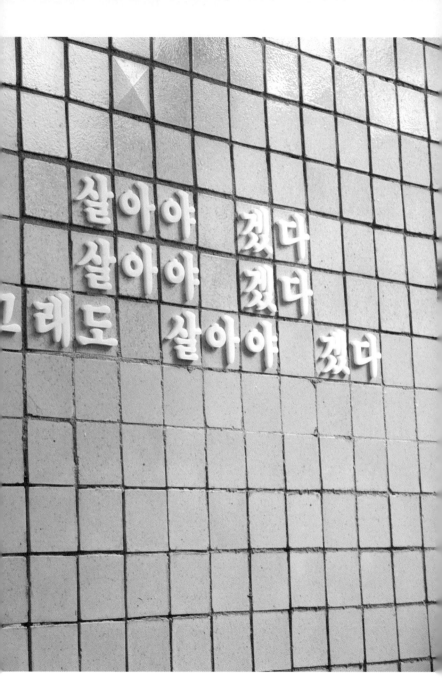

인천 화수동에 가면 만우절의 거짓말 같은 참말이 하나 있지.

노숙자에게 줄 서라 하지 않고 따뜻한 밥을 주고, 옷이 없으면 옷을 주고, 몸에서 냄새나면 씻게 하고, 땀에 전 옷 빨래하고, 읽고 싶은 책도 읽을 수 있는 쉼터, 그런데 더 놀라운 사실은 밥도 옷도 샤워하고 빨래하고 책 읽는 모든 것을 공짜로 제공하는 '민들레희망센터'.

주인장과는 오래전부터 아는 사이, 이십 년도 더 전에 주인장이 천주교(한국순교복자수도회) 수사로 있으면서 수도회 신학원 '자비의 침묵 수도원'을 지을 때 신자도 아닌 내게 건축디자인을 맡겼지. 그 후 환속한 주인장은 노숙자를 위한 '민들레국수집'을 시작하여 감동의 눈물로 세상을 놀라게 했지.

얼마 전에 헌집을 구해 '민들레희망센터'를 꾸미는데 살림의 여유가 없어 시공회사를 부르지 않고 직영공사를 하기로 했지. 동네에서 집수리 경험 많은 사장님이 휘뚜루마뚜루 진행하면서 잡일은 민들레식구와 봉사자 들이 거들기로 했지. 전체 디자인은 이일훈이 맡기로 했는데 살림하던 집에 센터에서 필요한 기능을 요령껏 집어넣고 가급적 헌집의 상태를 보존하기로 했지(공사비를 줄이려면 구조체를 그대로 두고 일을 덜 벌여야 하니까). 우여곡절 끝에 공사가 끝나고 간판집에서 파온 시 – '로트레아몽 백작의 방황과 좌절' 중에서, 남진우 – 를 대문을 들어서면 보이는 원고지 같은 벽면에 봉사자들이 붙였지(띄어쓰기가 틀려 더 맘이 짠하지). 건축디자인에는 시를 찾(쓰)는 일도 포함되지.

「바람이 분다   살아야 겠다
　바람이 분다   살아야 겠다
바람이 불지 않는다   그래도 살아야 겠다」

밝은 세상
안경

의지(義肢:인공사지)·의안은 신체의 불편·불구를 보완해주고, 틀니나
보청기는 시원찮은 구실을 높여준다. 얼마나 고마운 기능·기구인가.
다른 건 또 없을까. 있다. 바로 안경이다. 알, 테, 다리로 구성된 안경은
기능·용도·형태·색상의 변화를 통해 수많은 변주를 일궈낸다.

```
        1○○1
          °°
        ∟○○⌐
          ∞
        ⌐○○∟
          ☺
        ⊣○○⊢
          ♂♂
        「○○」
          ♀♀
```

안경을 고르는 기준이야말로 '제 눈에 안경'이다. 그 안경은 '사람의,
사람을 위한, 사람에 의한' 선택, 비로소 나의 것이다. 이럴 때 눈은
마음에 다름 아니다. 눈이 밝아지면 마음이 밝아지고, 마음 따라 몸이
밝아지니 세상까지 밝아 보인다. 과연 눈이 세상이다. 어울려 사는 이
세상, 흐릿한 이유는 바로 우리 눈(마음)이 어두운 탓일 게다. 세상에
저만한 이름 없어라.「밝은세상안경」

밥

「밥」을 제목으로 한 연극이 있다. 시도 있다. 그림은 왜 없겠는가. 밥을 그냥 먹으면 배만 부르지만 생각하고 생각하면 예술이 되고 철학이 된다. 밥은 음식이란 말보다 친근하다. 음식이라 하면 형식적인 느낌이 들지만 밥이라 하면 그 자체가 내용인 듯 소박하게 다가오며 근원을 생각하게 한다. 한 글자 말이 다 그렇다. 짧은 말에 긴 여운, 한 글자 말은 우리 삶과 같이 산다. 어떤 이는 '세상에서 가장 소중한 것은 모두 한 글자로 되어 있다'는 책을 내기도 하고, 한 글자 시집을 낸 시인도 있다. 하루에 하나씩만 생각해도 이만한 공부가 없겠구나.

앞·뒤·옆·위·봄·산·꽃·씨·몸·피
뼈·살·눈·손·발·힘·팔·귀·혀·입
일·돈·잠·꿈·방·집·벽·창·옷·삶
활·칼·뿔·쇠·낫·젖·논·밭·들·상
벌·일·섬·강·물·약·숲·콩·팥·술
쌀·벼·똥·땅·벗·밤·낮·곳·딸·형
향·톱·김·돌·돛·잔·글·절·넋·빛
별·틀·밖·안·걸·틀·나·너·남·꼴
꿀·욕·땀·침·병·키·흙·숨·알·맛
멋·풀·짐·들·비·흉·넋·말·복·글
해·달·별·불·책·숲·힘·삶·길·끝

과연 한 글자 글자마다 세상이 들어 있구나. 세상과 사람과 닿지 않은 말이 어디 있으랴. 한 소식 하고 싶으면 붙잡고 늘어질 일이다.

밥이
보약

내 친구 중에 촉망받는 작가의 길을 접고 불교에 입문해 수행자의 길을
걷는 이가 있다. 가끔 만날 때면 어찌나 수행이 깊은지 존경심이 우러나
친구이면서도 반말하기가 민망하다. 그이는 소위 세상에 널리 알려진
큰스님의 문하이면서도 돌아가신 분의 추모·기념사업에 비판적이다.
특히 건물을 짓거나 조형물을 세우는 등 눈에 보이는 기념사업은
오히려 돌아가신 분의 뜻과 다르다고 경계한다. 자신이 수행하는
거처도 작은 토굴이면 족하고 암자도 절도 짓고 싶지 않다며, "다 필요
없다. 아무것도 없어야 제대로 된 중이야!"라고 한다. 그 스님이 새 절을
지어야 솜씨를 뽐낼 기회가 생길 텐데 그럴 일은 평생 생길 리가 없다.
돈벌이를 앞세운다면 "절 지을 필요 없다"는 스님은 건축가가 싫어하는
스님일 것이다.

직업과 관련된 우스개.
의사가 싫어하는 사람은? '앓느니 죽는다'는 사람.
산부인과 의사가 싫어하는 사람은? '무자식이 상팔자'라는 사람.
치과의사가 싫어하는 사람은? '이 없으면 잇몸으로 산다'는 사람.
성형외과에서 싫어하는 사람은? '생긴 대로 산다'는 사람.
학원강사가 싫어하는 사람은? '하나를 알면 열'을 깨치는 사람.

밥이 보약 !

변호사가 싫어하는 사람은? '법 없이도 살 사람'
한의사가 싫어하는 사람은? '밥이 보약'이라 여기는 사람.

정말로 보았다. 어느 식당에 써 붙인 「밥이 보약」을.
웃을 일이 아니다. 사람에겐 정말 「밥이 보약」이다. 생각하면 밥만이
보약이 아니라 돈벌이에 도움이 안 되는 사람의 처지까지 껴안는
마음이 바로 자신을 키우는 보약이더라.

배꼽시계

시간을 알아보는 기계(벽시계·괘종시계·탁상시계·손목시계·회중시계…)
가 귀하던 시절엔 철도역 광장이나 공공건물에는 멀리서 볼 수 있도록
대형시계가 붙어 있었다. 요즘엔 손 전화기로도 시간을 알아볼 수
있어 그런 모습을 볼 수 없지만 예전엔 길거리에서 지나는 사람에게
흔히 시간을 물었다. 그 시절 아이들은 손목에 크레용으로 시계를
그려 놓으며, "지금 시간이 어떻게 되었나요?" 물으면 "서울시 여러분
땡초"라고 답하며 웃고는 했다. 아마 "청주시 여러분 땡초"하며 논
사람도 있으리라. 그렇게 놀다가 「배꼽시계」가 꼬르륵 울리면 밥을 먹기
위해(더 놀고 싶은 마음을 참으며) 집으로 돌아가곤 했다.

배꼽시계: 배가 고픈 것으로 끼니때 따위를 짐작하는 일을 비유적으로
이르는 말.

인체부위를 시계에 비유하며 왜 하필 배꼽을 들먹일까. 배꼽은 '탯줄이
떨어지면서 배의 한가운데 생긴 자리'다. 탯줄은 '태아와 태반을
연결하는 관', 즉 사람은 누구나 태아 시절에 탯줄을 통해 영양분을
받았으니 배꼽은 어머니 몸속에 있을 때 입의 흔적이다. 그러니
배고프면 작동하고 배부르면 태엽이 풀리는 배꼽시계야말로 절창 중에
절창이다.

요즘엔 배고파서(고플 때) 먹는 것이 아니라 시간(점심시간·저녁시간)이 되어서 일(事)하듯 식사(食事)를 한다. 먹는 것이 지켜야 하는 일(事)이 되었다. 많은 사람이 같은 시간에 먹는 일을 하자니 식당은 때만 되면 붐빈다. 부디 저 식당 사람마다 각기 다른「배꼽시계」처럼 시도 때도 없이 붐벼 주인의 입이 귀에 걸리길…!

제81회

배다리 시 낭

"나도 시인이 되

전국에 배다리라는 지명은 여러 곳. 배가 드나들며 물과 뭍을
다리 – 선교(船橋)·주교(舟橋) – 로 잇던 동네. 살자하고 뭍에
붙었다 죽자하고 물에 들어야 했던 삶터. 물 드나들듯 사람이 꼬여
번성·번창·번영·번화하던 곳. 세월이 변해 그 풍정이 예전 같지 않다.
인천 구시가지 배다리를 한눈팔며 지나다 귀한 방문(榜文)을 보았다.
「배다리 시 낭송회」
시를 시답잖게 여기는 시절에 눈보다 가슴이 먼저 울렁인다. 그것도
묵독의 시절에 낭송이라니…, 누가 시 낭송회를 이끌어 가는지
궁금하더라.
"잘 안 열리는 문을 두 손으로 밀고 들어오면 / 헌 책장을 밟고 선
문턱이 세상의 온갖 무게를 받아안고 낑낑거리고 있는 것을 볼

것이"라고 강은교 시인이 읊던 아벨서점에서 한 달에 한 번 시 낭송회를 마련한다. 아벨서점은 오래된 헌책방이다. 헌책 판 이문을 동네를 위해 쓰는 방식이 새 책보다 아름답다. 가만 보니 시와 책은 닮았다. 누군가 말했다. '모든 책은 헌책이다', 그 말을 시에 대보니 딱 맞는다.

모든 시는 헌 시다.

모든 새 책이 헌책이 되듯 어떤 새 시도 헌 시가 된다. 두고두고 읽히는 고전(서)이란 묵을수록 새로워지는 헌 글 아닌가. 귀한 책은 헌책일수록 소중하듯 시도 그렇지. 시는 읊어도 헐지도 닳지도 않지. 사람을 깨우고 흔들고 위무하며 오래 가는 시, 죽지 않는 시, 살아있는 시. 눈으로 들어가, 입으로 나왔다, 귀로 들어가, 마음에 머무는 시. 낭송하는 헌 시는 우리 삶에 바치는 헌시(獻詩)가 되지.

배 달 의
민 족

어떤 도시, 시내버스에서 보았다. 「배달의 민족」
실체 없는(확실치 않은) 배달(倍達)을 구체적인 배달(配達)로 광고한다.
나는 '배달' 소리만 들으면 초등학교 시절의 기억에 사로잡힌다. 그때
우리는 '단군의 자손'이며 '단일민족'이라고 배웠다. 뒤이어 '배달의
후예'와 '배달의 기수'가 등장했다. 그 전에 '배달민족'이라고 배웠기
때문이다. 배달민족(이런 시대착오)이라니? 내 집안 시조 할아버지는
신라시대(660년) 나당연합군 참모랑으로 참전한 후 신라에 귀화해
한반도에 정착했다. 그 후 분파되어 여러 일가로 나뉘었다고 글도
모를 때 배우고 중학생이 되어 족보를 찾아보았다. 말하자면 나는
귀화한 중국인의 후손인데 학교에서 '단일민족' '배달민족'이라고 하니
얼마나 당혹스러운지 어린 마음에 "아! 나는 '배다른 민족'이구나"라고
생각했다. 지금도 '배달'만 보면 '배다른' 오해가 떠오른다.

2003년 일본국립유전자협회가 발표한 한국인의 DNA 분석결과가
흥미롭다. 한국인 고유의 DNA타입은 40.6%에 그쳤다는 것이다.
나머지는 중국인(21.9%)·오키나와인(17.4%)·아이누인(1.6%)의
DNA타입을 지녔다. 한국인에게 주로 중국인과 일본 오키나와 및
아이누인의 피가 섞였다는 얘기다. 더 재미있는 사실은 '불분명한
DNA타입'도 18.5%에 달한다는 것이다. 한마디로 출처를 알 수 없는

피가 한국인에게 흐른다는 것이다. …통계청의 2015년 인구주택총조사 결과발표를 보면 귀화 성씨의 폭증세가 놀랍다. 2000년에는 전체 성씨 728개 중 귀화 성씨가 442개로 파악됐다. 그런데 15년이 지난 지금 주민등록상 전체 성씨가 5582개에 이르고, 그중 '한자가 없는' 성씨만 4074개에 달했다. _경향신문, 2016년 9월 9일.

이제 절대다수 성씨가 귀화 성씨이니 대한민국은 이제 '다문화 가정'의 시대다. 지난 날 「배달의 민족」에서 오늘의 '배다른 민족'을 읽는다.

배회로

길 이름은 여러 가지, 역사적 연유를 참고해서 짓기도 하고 지형이나 환경·풍경의 특징을 이름으로 삼기도 한다. 가장 흔한 것은 위인이나 유명한 사람을 기억하려 붙이는 것과 연결되는 두 지역의 명칭을 조합해서 만드는 것이다. 사회적 의미를 기억하려 붙이는 길 이름도 있다. 어쨌든 길(도로)에는 사람처럼 이름이 있다. 하지만 건축물의 내부공간에 있는 길은 대부분 이름 없이 복도 또는 통로로 불린다(내 건축작업 중에 '잔서완석루' -《제가 살고 싶은 집은…》, 이일훈+송승훈 지음, 서해문집, 2012. - 가 있다. 그 집 2층 복도를 경사지게 만들고 양쪽에 붙박이 책장을 설치하고 '책의 길'이라고 이름 붙였다. 단순 통로에서 머물 수 있는 공간으로 성격을 전환한 길이다).

어느 요양원에 갔다. 빛이 잘 들어 나무와 잔디가 파릇한 정원, ㅁ자로 배치된 건물의 방과 복도에서도 그 빛과 풍경을 볼 수 있어 편안한 모습이었다. 그곳에서 낯선 이름의 길(복도)을 보았다.

「배회로」

처음에는 「배회로」보다 산책로가 더 좋지 않을까 여겨졌다. '한가롭고 가볍게 이리저리 거니는' 산책은 얼마나 여유로운가. 그러다가 다른 뜻을 알게 되었다. 배회란 '목적 없이 어떤 곳에서 이리저리 돌아다니는' 것인데 요양원에는 배회 증상을 보이는 치매환자가 많다. 심한 경우는 잠자는 시간을 빼고 하루 종일 걸어 다니는 환자도 있다고 한다. 배회 증상을 가진 이들이 많이 다니는 길이므로 「배회로」라 한 것이다. 환자를 이해하고 대하려는 배려심의 작명이다. 끊임없이 어정거리고(徘) 머뭇거리는(徊) 배회. 문득 치매환자만 배회 증세를 보이는 것은 아닐 것이라는 생각에 뜨끔, 배회 아닌 인생을 사는 이 얼마나 될까. 인생이란 누구에게나 낯선 세상(시간·공간)에서의 배회 아닐까.

100년
짜장

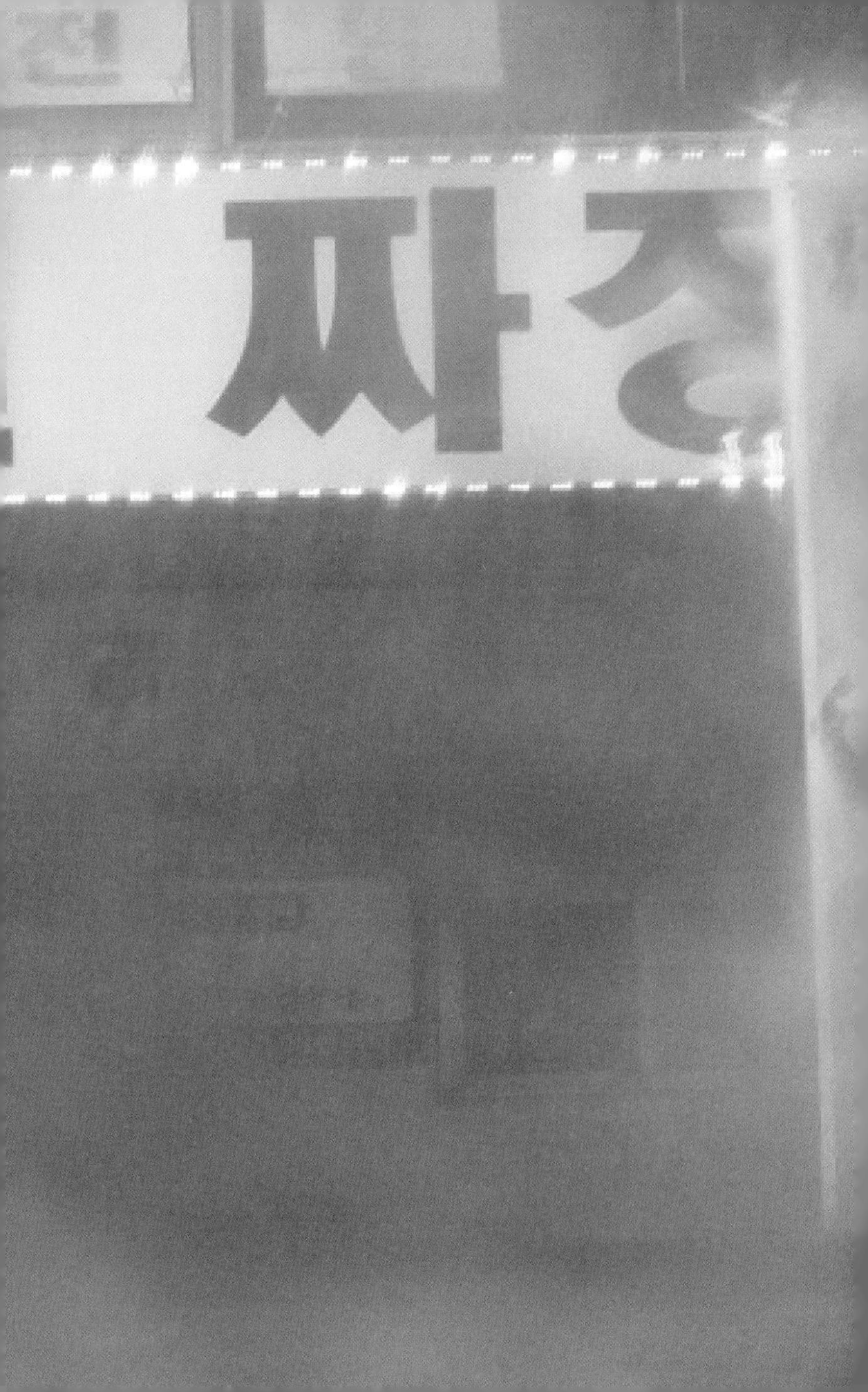
짜

중국 산둥반도 사람들이 먹던 자장몐(zhájiàngmiàn)이 이 땅에 들어온 것은 130여 년 전 임오군란 때, 인천 개항에 따라 조선에 온 중국인을 통해서였다. 자장몐을 자장면으로 불러야 한다고 했다가 워낙 많은 사람들이 짜장면이라 하니 요즘엔 자장·짜장 둘 다 쓰는 것으로 정리 – 국립국어원, 2011년 – 되었다. 자장몐과 비슷해 보이지만 전혀 다른 한국의 짜장면은 간짜장·삼선짜장·삼선간짜장·유니짜장·유슬짜장· 사천짜장·쟁반짜장… 등으로 변화 – 발전으로 오해말기를, 또 진화라고 하는 무지한 이가 없기를 – 했으니 그야말로 짜장면의 무한변신이다. 변신의 극치는 면 아닌 밥과 만난 바로 짜장밥이다. 밥과 짜장은 궁합이 좋아 중국집의 볶음밥엔 의례히 볶은 짜장을 얹어줄 정도로 토착화되었다. 이렇게 다양하게 변화하고 사랑받는 이유는 무엇일까. 그것은 짜장면이 족보가 없는 음식이기에 가능했다. 족보가 없으니

지킬 게 적어 입맛 따라 만들어도 흉이 되지 않고, 이 집 저 집에서
어깨너머로 배운 기술이 널리 퍼질 수 있었다. 족보가 지켜지는 음식은
마구잡이로 퍼지지도 변하지도 않는다. 족보는 없어도 중국집에서 가장
만들기 어려운 것이 짜장면, 짜장면이 맛있(없)는 집은 다른 요리도
맛있(없)다. 이종교배에 성공한 짬짜면도 있다. 짬짜면을 보면 짜장면과
스파게티가 만난 짜스면, 떡볶이와 만나는 짜볶이, 튀김과 만나는
짜튀기가 기대된다. 짜장은 잡종강세 아니 잡종만세를 부른다. 짜장면에
얽힌 기억 하나, 시장한 손님을 위해 돈을 더 받고 주는 짜장면 곱빼기는
다 아실 테고, 배고프고 돈도 부족한 손님을 위한 '맛보기'가 있었다.
짜장면 한 그릇 20원 할 때, 10원 받고 반 넘게 주던 짜장면. 시내 곳곳에
'맛보기'가 있던 시절, 세상은 가난해도 따뜻했구나.

ome

—1,900
—180   - (1,800)
-        —1,700
—160   (1,600)
-        —1,500
—140   - (1,400)
-        —1,300
—120   - (1,200)
-        —1,100
—100   - (1,000)
-        —900
—80   - (800)
-        —700
—60   - (600)
-        —500
—40   - (400)
-        —300
—20   - (200)

180

160

140

120

100

80

어떤 벽에 새겨진
센티미터 눈금을
밀리미터로 바꾸어
읽는다(정확한 치수를 괄호
안에 감추면서). 눈금이
더 빽빽해지진 않았지만
심심함이 (조금)가시고
(덜)지루하다. 눈금 앞을
스쳐가는 누구나 키를
들킨다. 바람 빛 구름
좋은날, 키 한번 재보고
싶다.

60

40

20

100%
진짜
참 기 름

가짜가 판치던 시절이 있었다(요즘도 사라지진 않았다). 가짜 양주, 가짜 커피, 가짜 화장품, 가짜 약품, 가짜 고추가루, 가짜 두부… 등. 그런 것들이 한눈에 가짜로 보인다면 아무도 사지 않겠지만 가짜는 진짜보다 더 진짜처럼 만들고 보인다.

그중엔 가짜 꿀도 있다. 우스개 하나, "가짜 꿀을 만들기 위해 꼭 있어야 할 것은?" 답은 진짜 꿀이다. 설탕을 녹이고 진짜 꿀을 조금 섞은 가짜 꿀은 물엿과 향료로 만든 '꿀 아닌 꿀'보다는 그래도 꿀이 조금 들어있다. 굳이 말하면 '10% 꿀'쯤 될 것이다. 진짜가 전혀 들어가지 않았는데 진짜로 파는 가짜도 있다. 옥수수기름에 콩기름 등을 섞어 만든 참기름도 있다. 참깨와 아무 상관없는 가짜 참기름이다.

가짜가 등장하는 여러 이유 중 하나는 진짜가 귀하며 비싸고 인기가 있을 때다. 이럴 때 유통되는 가짜는 진짜를 모방한 소위 짝퉁이다. 값싸게 팔고 사며 '누이 좋고 매부 좋다'고 여기기에 짝퉁은 사라지지 않는다. 흔하게 늘 쓰이는 일상용품이나 필수식품에는 가짜가 많지만 어쩌다 쓰는 것엔 가짜가 드물다. 돈이 되지 않기 때문이다. 누군가 돈이 되지 않는 가짜를 만든다면 그는 아마 진짜 바보일 것이다. 어느 시장에서 보았다.

「100% 진짜! 참기름·들기름」

100%: 진짜 또는 순수함, 온전함, 완벽함을 뜻함.
진짜: 본뜨거나 거짓으로 만들어 낸 것이 아닌 참된 것.
참: 사실이나 이치에 조금도 어긋남이 없는 것.

저 말은 같은 말을 세 번 되풀이한다. 반복은 강조법의 하나이지만 지나친 확신은 불안의 다른 말. 언제 어디였더라. 「100% 진짜 순 참기름」을 본 적이 있는데 나는 더 믿기지 않았다.

BEST 10

베스트셀러가 얼마나 주목을 받으면 《베스트셀러 절대로 읽지
마라》는 책이 있을까. 내용 좋다고 베스트셀러가 되는 것도 아니고,
베스트셀러라고 좋은 책이란 보장도 없지만 작가·출판사 모두
베스트셀러를 꿈꾼다. 왜냐, 사회적 주목과 관심 속에 돈·명예가 따르기
때문이다. 공들인 책이 안 팔려 제작비도 못 건지면 출판사는 힘들고
작가는 풀이 죽는다. 그러니 소형·대형·신참·1인출판사 가리지 않고
베스트셀러를 겨냥하고 기대할 수밖에.

어느 술집에 걸린 「BEST 10」, 1위 모듬소세지(소시지가 맞지만
소세지라고 써야 더 맛있게 읽힌다), 2위 계절과일모듬, 3위…. 무슨
기준으로 순위를 정했을까. 손님을 상대로 블라인드 테스트를 했을까,
종류별 주문을 집계한 걸까, 주방장·주인 맘대로 정한 건 아닐까.
더 의아한 건 안주란 술과 어울리는 것으로 손님이 원하는 것을
주문하는데 베스트순위가 왜 필요한 것일까. 입맛도 남을 따라가나?
막걸리와 두부·김치, 와인과 치즈, 돼지고기와 새우젓, 복어와 미나리,
조개탕과 쑥갓, 냉면과 식초는 궁합이 좋다. 재료가 어울려 서로 도우니
맛(관계)의 베스트(best)라 할 수 있다. 반면 미역과 파, 오이와 당근·무,
스테이크와 버터, 우엉과 바지락, 꿀과 게는 궁합이 좋지 않다. 맛을
높이는 게 아니라 서로 다투니 워스트(worst)라 할 것이다. 하지만
이것도 절대적인 것은 못된다. 입맛은 사람마다 다 다르기 때문이다.

다른 것은 흉이 아니다.

내 젊은 시절, 외국에서 일한 적이 있었는데 늘 현지음식이 입에 맞지 않아 힘들었다. 같이 일하던 한국인 동료는 자주 바나나에 고추장을 발라 먹으며 향수를 달랬다. 그이에겐 그 맛이 베스트였을 테지만 나는 맛도 보지 않았다. 맛에도 '제 눈에 안경'이 있다.

보물찾기

「보물찾기」는 '몰래 감춘 어떤 물건을 찾아내는 과정을 즐기는'
민속놀이 중 하나다. 「보물찾기」의 재미는 찾는 과정의 집중력과
긴장감에 있지만 더 큰 기대는 받는 상품, 즉 '물건'에 있다. 광고
전략으로 펼쳐지는 기업의 경품·추첨행사도 본질적으로 「보물찾기」의
연장이다. 각종 「보물찾기」에 사람들이 몰리는 이유는 무엇보다 그
'물건'이 공짜라는 데 있다. 그래서 「보물찾기」에서 보물(물론 보물이
아니지만)을 못 찾으면 남이 찾은 보물(보물이 아닌데도)이 더 커 보인다.
예전에는 현장견학·체험학습·야외학습 시간이 드물어 봄·가을에
가는 소풍이 큰 즐거움이었다. 소풍가는 날, 비라도 내리면 전교생이
울상이 되었다(실제로 우는 아이는 없었다).
가는 길은 솜사탕처럼 달콤했지만
돌아오는 길은 언제나
쓸쓸했다. 왜냐하면
소풍의 하이라이트이자
메인 이벤트인
「보물찾기」에서 단
한 번도 보물을 찾은
적이 없기 때문이다.

「보물찾기」에 내걸린 '물건'은 12색 크레파스·수채화 물감·연필·공책 등인데 보물을 잘 찾은 아이는 여러 개를 받고 대부분은 공책 한 권 아니면 연필 한 자루라도 받는데, 나는 연필 한 자루도 받은 적이 없다. 한마디로 보물쪽지를 한 장도 찾은 적이 없다는 말이다(매번 열심히 그야말로 노력을 기울였는데 단 한 번도 「보물찾기」에 성공한 적이 없다. 세 살 둔함 여든까지인 듯). 돌아오는 길에 상품을 잔뜩 받은 아이에게 물었다.

"어떻게 보물쪽지를 그렇게 많이 찾았니?"

"응, 그거 간단해. 선생님이 숨길 때 숨기기 쉬운 곳에 숨기거든. 숨기기 힘든 데는 안 숨겨."

아! 그걸 모르고 괜히 무거운 돌 들치고, 높은 나무에 올라가고, 험한 바위구멍을 들쑤셨다니. 이런 바보! 찾기는 숨기기의 연장인 것을….

비상창유리

WINDOW

유리

EMERGE

비상

KTX 타고서 멀고 흐릿한 풍경에 눈 주다가 문득 코앞에 새겨진
「비상창유리」를 보았다(그래, 비상이란 멀리 있어 안 보이다가 갑자기
코앞에 닥치는 일이 아니겠는가). 위급한 일이 생겼을 때 승객의 탈출이나
구조원이 진입하려 망치로 깨는 「비상창유리」.

비상은 '뜻밖의 긴급한 사태', 놀라고 당황하면 '리유창상비'로 읽는
수도 있겠다(EMERGENCY WINDOW는 WODNIW YCNEGREME, 발음이
많이 꼬인다). 그런 일은 언제 어디서나 누구에게도 생기지 않아야
한다. 그래도 만에 하나, 안전사고에 대한 비상대책이야말로 상비하는
것이 상책이다. 일상에서 흔히 보는 것이 비상문·비상구인데 대부분
무심히 여긴다(무심을 넘어 한심한 비상구가 있었으니 어느 건물 2층에 있는
노래방 비상구를 화장실 문으로 착각한 손님이 열고 나갔는데 그만 떨어져
크게 다쳤다고 한다. 비상구 밖은 허공이었다). 여러 비상 중 비상(非常)만
큰소리로 들린다(보라. 비상사태·비상시국·비상조치·비상경계·비상대책

·비상작전·비상대기·비상소집·비상근무·비상체제·비상선언·비상계엄…
등은 얼마나 크게 들리는가. 크게 들릴수록 세상은 얼마나 핍진해지는가).
비상의 다른 의미를 찾아볼 수 있다는 것, 평상이 주는 평화로움이다.

비상(飛翔): 공중을 낢.

비상(飛上): 높이 날아오름.

비상(飛霜): 하늘에서 내리는 서리.

비상(悲傷): 마음이 슬프고 쓰라림.

비상(非想): 상념을 끊고 삼매에 들어가는 일.

비상(備嘗): 여러 가지 어려움을 두루 맛보아 겪음.

비상(砒霜): 비석(砒石)을 승화시켜서 결정상태로 만든 한방 약재.

비상(鼻上): 콧등 위라는 뜻으로, 일이 절정이나 극단에 이른 것을 이르는 말.

삶과 죽음은
자연의 섭리에
순응합니다.

죽음의 의례를 치르는 장례식장의 분위기는 어디라도 무겁다. 죽은 자를 보내는 산 자들의 마음이 침울하기 때문이다. 천수를 다 누린 호상(好喪)도 안타까운데 앓다 죽거나 사고로 맞은 죽음은 서럽기 짝이 없다. 어느 장례식장에서 슬픔을 위로하는 문구를 보았다.

「삶과 죽음은 자연의 섭리에 순응합니다」

'삶도 죽음도 다 자연의 섭리이니 너무 슬퍼하지 말자'는 말로 들렸다. 타자의 죽음이 그러하듯 나의 죽음도 그러할 것이다 생각하니 단어 하나하나가 새롭게 여겨진다(빚쟁이나 한이 맺힌 관계가 아니라면 장례식장에서는 누구나 철학자가 된다).

삶: 1. 사는 일. 또는 살아 있음. 2. 목숨 또는 생명.

죽음: 죽는 일. 생물의 생명이 없어지는 현상.

자연: 사람의 힘이 더해지지 아니하고 세상에 스스로 존재하거나 우주에 저절로 이루어지는 모든 존재나 상태.

섭리: 자연계를 지배하고 있는 원리와 법칙.

순응: 환경이나 변화에 적응하여 익숙하여지거나 체계, 명령 따위에 적응하여 따름.

그러고 보니 '삶과 죽음은 자연의 섭리에 순응' 아닌 다른 방법(불응 또는 반항의 결과도 순응)이 없다. 문득, 왜 삶이 죽음의 반대일까 의문이 든다(사전풀이로는 죽음의 반대말은 삶이고, 삶의 반대말은 죽음이다). 누구나 죽기 전에 살고, 살기 전에 태어난다. 그러니 죽음(끝)의 반대는 출생(시작) 아닌가. 삶은 이 세상에 온 날부터 가는 날까지의 자취를 다 끌어안는 것이고.

삼겹살

궁합이란 '혼인할 남녀의 사주를 오행에 맞추어 보아 부부로서의
좋고 나쁨을 알아보는 점'이다. 부부간에 금실이 좋은 것을 궁합이
맞는다 하고 사이가 좋지 않으면 궁합이 맞지 않는다고 한다. 궁합을
신주처럼 받드는 이도 있고 아예 무시하는 이도 있다. 믿는 이에겐
정설이고 무시하는 이에겐 요설이지만, 궁합의 본질은 조화다. 운명적
조화라면 기꺼운 일이고, 체질적 조화라면 건강한 일이며, 성격적
조화라면 다행한 일이다. 사람과 사람이 같이 사는 일에서의 조화란
서로 배려하고 존중하는 데서 온다. 겉궁합 속궁합이 아무리 나빠도
서로 존중하는 사람끼리는 싸우지 않으니 그보다 더 좋은 궁합이 어디
있으랴.

국가·집단·단체 간에도 궁합이 있다. 사사건건 다투는 나라가 있고 일
생길 때마다 서로 돕는 무리가 있다. 동물의 세계에선 악어와 악어새가
궁합 좋은 대표적 예이고, 견원지간(犬猿之間)이란 말은 나쁜 궁합의
예일 것이다. 음악 감상에 열광하는 이들은 오디오를 '궁합의 예술'이라
하니 기계에도 궁합이 통한다는 말일 것이다. 귀로 확인하는 궁합일
것이다. 입으로 확인하는 궁합도 있다. 바로 음식이다. 맛있는 음식은
요리솜씨 이전에 재료와 조리법의 궁합이 잘 맞았다는 말에 다름
아니다.

글자꼴에도 궁합이 느껴진다. 궁서체는 예스러운 기품이 풍겨

전통한복집이나 수공예점 간판에 어울리고, 문체님 궁체 흘림체는
자유분방하여 국수집이나 선술집 간판에 잘 맞는다. 굵은안상수체는
무뚝뚝하고 견고하여 액자틀 짜는 집과 어울리고, 돋음체는 숫기 적은
모범생처럼 어디에 쓴다 해도 도드라지지 않는다.
「삼겹살」 간판을 보았다. 무슨 체일까. 초성·중성·받침의 크기가
다르지만 질서를 지키고 굵기가 같다. 삼겹살을 기계 아닌 손으로
정성껏 쓴 듯하다. 두툼한 살집, 노르스름하게 익은 듯 먹음직스럽다.
삼겹살과 궁합이 잘 맞는 글자꼴, 저런 집에선 소주를 평소보다 더 많이
마시게 된다.

3.3제곱미터당
(눈 가리고 아웅)

이 집의 대지는 몇 평인가요.

공사비는 평당 얼마나 드나요.

그 아파트는 몇 평형인가요.

대화 중에 흔히 '평'이란 말을 쓴다. 하지만 땅의 넓이나 건축물 바닥
면적을 표기하는 단위, 평(坪)은 법적으로 쓰지 못하게 되어 있다. 면적
단위는 제곱미터(m^2)를 써야 한다. "전통단위로 잘못 알고 사용하는 '평'
단위는 일제강점기에 국토침략 과정에서 일제에 의해 보급된 단위로,
1961년 사용을 금지"시켰으나 아직도 여전히 쓰이고 있다.

1평은 정확히 $3.30579\,m^2$지만 편의상 $3.3\,m^2$로 쓰고, $3.3\,m^2$라고 써놓으면
누구나 한 평을 표기한 것으로 안다. $3.3\,m^2$로 쓰고 1평으로 읽으니 '눈
가리고 아웅'이다. 서울 명동에 있는 우리나라에서 가장 비싼 땅은
$1\,m^2$에 8310만 원, 평당 2억 7423만 원이다. 당국의 공시지가 발표는
$1\,m^2$를 기준하지만 부동산 관련업체·업소에선 $3.3\,m^2$로 바꾸어 쓴다.
이런 관습·관행은 쉽게 바뀌지 않을 것이다.

면적표기 방법을 보며 드는 생각. m^2와 평은 둘 다 평면을 전제로
한다. 땅(대지·임야·전답… 등) 넓이를 평면으로 계산·표기하는
것은 그나마(지형은 땅마다 너무도 다르지만) 이해할 수 있는 일이지만

입체(X×Y×Z)적으로 구축된 결과물이다. 평면(X×Y)상태만 표기하면
바닥만 있고 높이(Z)가 빠지게 된다. 건축물을 세우기 위해서는
디자인에서 시공까지 모든 과정에 비용이 들어가는데 평면을 제작하는
비용과 입체를 시공하는 비용은 많은 차이가 난다. 쉽게 말하면
천정높이가 2.4미터인 집과 3.0미터인 집을 같은 비용으로 만들 수
없다. 같은 평면도 높이가 높(깊)을수록 비용이 증가한다. 무엇보다

800만원대
3.3m^2 당

높이가 다르면 공간 활용도에서도 많은 차이가 난다. 건축물의 규모를
표기하려면 제곱미터(㎡) 아닌 세제곱미터(㎥)를 써야 할 일이다. 둘을
같이 표기하는 것도 방법이겠다. 그것이 입체적 사고 아닌가.

상상하

우리들의

상상하라

**우리들의
대한민국**

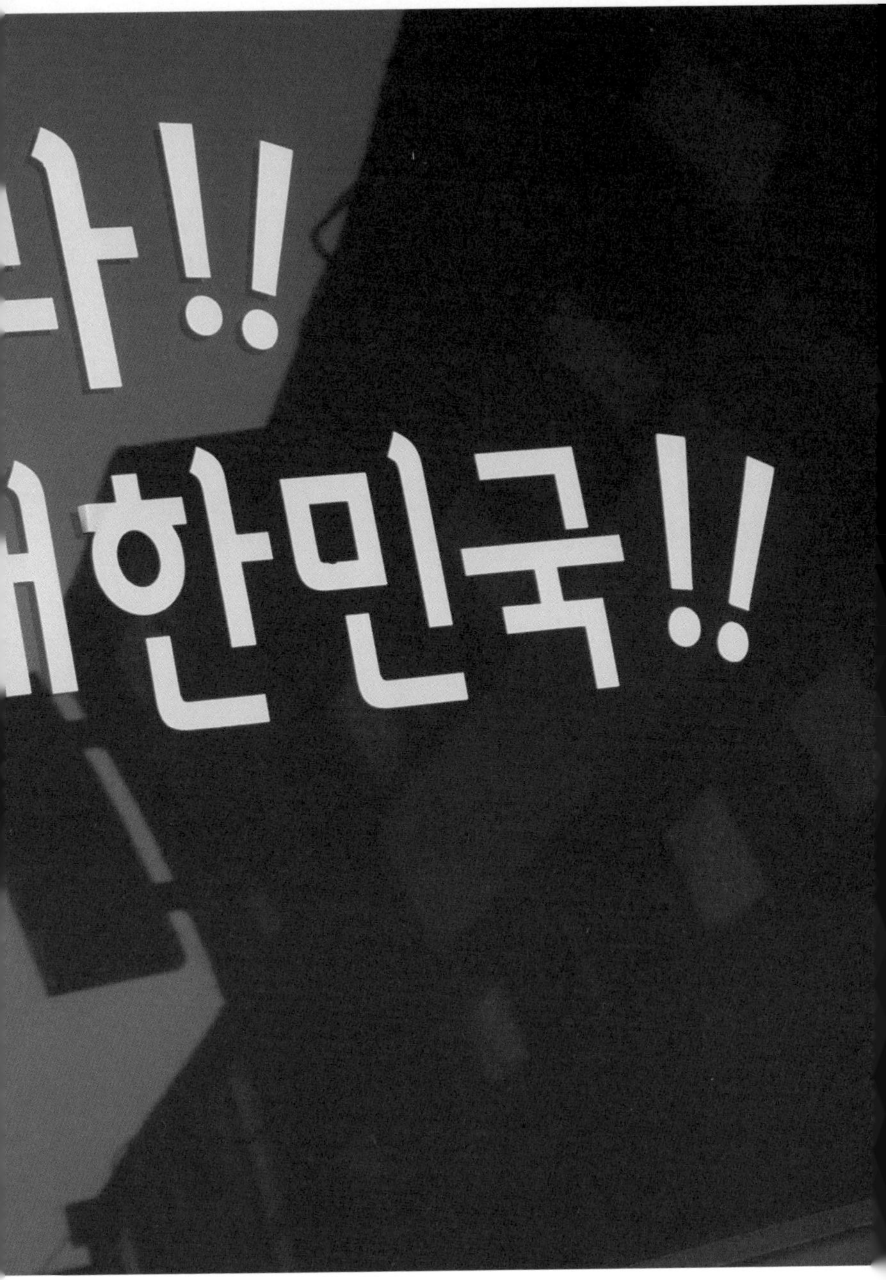
한민국!!

상상은 '실제로 경험하지 않은 현상이나 사물에 대하여 마음속으로
그려' 보는 것이다. 상상의 반대말이 경험이니 경험을 뒤집으면 다
상상이 될까. 그렇지 않다. 그럼 경험이 적으면 상상이 자유로울까, 그런
것도 아니다. 좋은 경험은 상상력을 일깨우지만 나쁜 경험은 상상력을
억압하며 악마의 집을 짓는다. 건강한 상상력을 키우려면 아픈 경험은
치유하고 좋은 기억은 북돋아야 한다. 상상한다는 것은 생각만큼 쉬운
일이 아니다.

상상한다는 것은 아름다운 일, 상상한다는 것은 꿈을 갖는 일,
상상한다는 것은 살아 있다는 증명, 살고 싶다는 갈망이다. 멀고 가까운
데 가릴 일없이 상상이 이루어지는 곳이 천국이리라.

「상상하라!! 우리들의 대한민국!!」

상상한다! 내가 상상하는 「우리들의 대한민국」은 ●잠꾸러기가
많은 나라다('잠꾸러기 없는 나라 우리나라 좋은 나라'를 어릴 때부터

암기시키지 말자). ●청소년에게 원치 않는 공부가 강요되지 않는
나라다(억지 공부가 개인과 사회에 무슨 도움이 되는가). ●청년에게는
스펙이 자랑이 아닌 나라다(스펙은 1등 한 사람만 빼고 모두를 패배자로
만드는 평가방식이다). ●장년이 되어서는 소위 빽 - 연줄과 배경 - 이
통하지 않는 나라다(작은 빽은 큰 빽에 얼마나 속수무책인가). ●중년과
노년에는 질병과 노후를 걱정하지 않는 나라다(인생을 불안과 한숨으로
마무리한다는 것은 얼마나 큰 불행인가).

'태내에서 천국까지'는 아니어도 최소한 '요람에서 무덤까지' 최저한의
복지 - 그 방법을 두고 다투는 정치적 견해는 이미 복지에 관심 없음의
증좌다 - 가 빈부격차, 학력차이, 성별차이 없이 보장되는 나라!

상상한다. 그런 「우리들의 대한민국」이 마땅하다. 상상은 마땅과 같은
말임을 상상한다.

상중
常中

'날마다 반복되는 생활'이 일상이다. 날마다 반복되니 당연하고
덤덤하다. 일상은 어떤 느낌의 대상이 아니라 버릇처럼 받아들이고
당연하게 여긴다. 일정하게 계속 도는 시간의 수레바퀴. 그래서 일상은
늘·보통·생활·항상과 비슷한 말, 특별하지 않지만 언제나 있고, 잘
보이지 않지만 꿋꿋한 실체이니 '일상의 발견'은 기특하고 갸륵하다.
일상은 삶 – 출생~죽음 – 의 가운데 있다. 학교에선 수업 중·강의
중, 회사에선 근무 중·회의 중, 놀러 가면 휴가 중, 일하면 작업 중,
군대서는 훈련 중, 화랑에선 전시 중, 카운슬러는 상담 중, 시험 보려고
공부 중, 도서관에선 독서 중, 신혼부부는 여행 중, 인턴사원은 수습
중, 박사님은 연구 중, 현장에선 공사 중, 점심시간엔 식사 중, 일보러
가면 출장 중, 상점에선 판매 중, 고장 난 차 수리 중, 주방에선 요리
중, 객장에선 시음 중, 거간꾼은 흥정 중, 모델하우스 앞엔 대기 중,
야구장에선 경기 중, 공원에선 산책 중, 성당에선 미사 중, 절에서는
수행 중, 대통령은 순방 중, 국회의원은 연설 중, 죄지은 놈은 수배
중·도피 중, 검찰에선 수사 중, 형사는 잠복 중, 교통경찰은 단속 중,
무명배우는 연습 중, 유명가수는 공연 중, 중국집은 배달 중, 뛰면서도
통화 중, 뭔지 모를 희망을 갖고 준비 중… (내 마음속에는 세월호 실종자를
여전히 구조) 중. 그러다 나이 들어 병원에 가면 접수 중→진찰 중→
마취 중→수술 중→회복 중→입원 중으로 팻말을 바꿔 달다 죽으니,
삶이란 중에서 중으로 헤매고 맴도는 것. 그 중(中)이 바로 일상이다.
'영업 중' 팻말이 무색하게 며칠 문을 닫은 식당. 상(喪)을 알린다.
그런데 상중(喪中) 아닌 「常

　　　　　　　中」이다.

아, 저 집 주인 죽음마저 일상(日常)으로 체화시켜 껴안고 있구나.
오자에서 얻는 큰 깨달음! 그렇지 세상이 선생이다.

△세 모

옥호만으로 업종을 짐작할 수 없는 간판이 많다(그럴 때는 간판의
색상·조명을 보면 업종을 짐작하기가 낫다). 부산·군산·주문진·목포는
바닷가, 그래서 부산·군산·주문진·목포 횟집은 자연스러운데
부산·군산·주문진·목포 상회는 무엇을 취급하는지 알기 어렵다.
옥호에 쓰이는 지명은 지리적 이미지를 팔기도 하지만 비틀기도 한다.
더 난감한 것은 숫자·기호·부호를 쓴 업소인데 도무지 간판만으론
뭘 파는/하는 곳인지 모를 경우도 있다. 그럴 때 간판은 상형문자를
만지작거리는 놀이터가 된다.

△세 모를 보니, △세□
　　　　　　　　ㅗ 라 쓰고 싶었을지도 모를 일.

그럼 옥호를 네모로 한다면, 사각형을 앞세워

□네□
　　ㅗ 로 쓰니 모두 메모로 읽겠지. 어쩌면 네모는 메모일지도 몰라.

그럼 동그라미를 옥호는, ○ 그라미, 아니면○
　　　　　　　　　　　　　　　　ㅗ
　　　　　　　　　　　　　　　　○
　　　　　　　　　　　　　　　　그
　　　　　　　　　　　　　　　　라
　　　　　　　　　　　　　　　　미

소성주

막걸리는 대부분 지명을 상표로 삼는다. 필시 곡물을 생산하는 지방의 물맛과 땅기운을 자랑하던 습속이리라. 수입쌀로 막걸리를 만들어도 우리 지명을 쓰는데 물맛 좋은 곳에 막걸리 공장이 위치한다는 자랑일 터이다. 막걸리 병에 적힌 지명(이동·포천·지평·강릉·정선·예산·덕산·남원·진도·단촌… 등)은 그 지방에 대한 기억을 불러낸다. 사람 사는 곳이 다 비슷해 보여도 살필수록 다 다르듯 같은 쌀로 만들어도 막걸리 맛은 같은 게 없다.

「소성주」는 인천에서 나는 막걸리. 통일신라시대 인천의 지명이 소성현(邵城縣)이었던 데서 유래한다. 나는 어떤 막걸리를 보던 침이 꼴깍 넘어간다. 그런데 「소성주」를 보니 술보다 집(건축)이 먼저 떠오른다. 바로 '소행주' 때문이다. '소통이 있어 행복한 주택'의 줄임말, 소행주! 세상에 바람직한(그러나 세상 집 모두가 그렇게 되지 않을) 집 중 하나가 '소행주'다. 보통 공동주택(연립·다세대주택, 아파트… 등)은 건설회사에서 미리 지어 놓고 분양한다. 입주자는 내 돈 주고 사면서도 사는 내가 살고 싶은 대로 짓지 못한다. 왜냐, 아파트를 짓기 전에 입주자의 의견을 묻지 않기 때문이다. 그런데 '소행주'는 집짓기 전에 그 집에서 살 사람들이 원하는 삶의 방식대로 대화하고, 결정되면 그 다음에 공사에 들어간다. 같이 생활할 세대(가구)끼리 사용할 공동방도

마련한다. 공동방은
독서실도 되고
회의실도 된다.
기타를 배울 땐
교실, 영화를 볼 때는
극장이다. 노래 부르고
술도 마신다. 반찬 한두
가지를 각자 가져 와 밥상을
차리면 바로 잔치(포트럭)가

벌어진다. 개별 세대의 거실은 작지만
공동방은 넓다. 공동방은 입주세대별 공동등기 즉 공동재산이다.
무엇보다 아래위집과 옆집이 문을 열고 지낸다. 그야말로 이웃사촌이니
멀리 있는 피붙이보다 가깝게 어울려 사는 삶이다. 그런 공동주택이
가능하냐고, 가능하다. '소행주'를 찾아보면 금방 확인된다.
나는 「소성주」를 보자마자 '소행주'가 떠오르니 술(酒)보다 집(住)이
먼저더라.

소크라테스(의 변명)

돈은 빌려줘도 ~~없고~~,
빌려주지 않아도 ~~없는다~~

외상을 해줘도 ~~없고~~,
해주지 않아도 ~~없는다~~

- 소크라테스

돈은 빌려줘도 잃고, 빌려주지 않아도 잃는다. 외상을 해줘도 잃고,
해주지 않아도 잃는다. _소크라테스

속 보이는 진담(농담처럼)을 써 붙인 주인은 대단한 장사꾼이다.
소크라테스를 시켜 '외상사절'을 외치는 상술(언변보다 더 한 상술이 어디
있으랴)에 경의를 표하며 경례(거수)!
현찰만 쓰던 시절에 외상이란 손님에게는 단골의 훈장이며 주인에겐
믿음의 증표였다. 식당(술집)을 오래한 이가 말한다. "외상 주면 돈
잃고 손님도 잃는다." 하지만 외상을 안 주는 집을 향해 손님은 말한다.
"싸가지 없는 놈." 또는 "그 자식, 돈 벌더니 달라졌어." 외상을 대하는
입장은 이리도 다르다. 요즘엔 현금 대신 누구나 신용카드를 쓰니
외상이 없어졌다. 천만에 말씀, 없어진 듯 보이지만 실은 외상이 더
많아졌다. 모두가 외상의 그물에 걸린 물고기(대부분 붕어나 피라미, 간혹
송사리도)다.
신용카드의 유래. 1949년 어느 날(날짜는 중요하지 않다), 미국의 한
사업가가 식당에서 손님을 접대한 후 계산을 하려는데 지갑이 없었다.
외상을 사절하는 주인에게 부인이 돈을 가지고 올 때까지 잡혀 있었다.
망신당한 것보다 자신을 믿어주지 않는 주인에게 더 화가 난 그는
현금을 내지 않고도 음식을 먹을 수 있는 방법을 찾다가, 1950년 어느
날(이 날짜도 중요하지 않다), 친구들과 현금을 내지 않고 식당을 이용하는
단체 '다이너스 클럽'을 만들고, 회원에게 플라스틱 카드를 나눠준 것이
지금 쓰는 신용카드의 시작이다. 신용카드는 카드 발급사, 전표 매입사,
가맹점의 약정·규정에 따라 매출액이 결제되는 방식인데 그 사이
수수료가 발생하는 신용(외상)거래방식이니, 결국 신용카드는 본질은
외상거래다. 덕분(덫이기도)에 우리는 '소도 잡아 먹'고, 견물생심을
즐기며 외상천국(지옥이기도)에 산다.

손 님
구 함

흔히 보는 구인광고는 '알바 구함'이다. 필요한 일손을 찾는 것인데 '구함'이라고 외치는 곳은 실은 썩 좋은 자리가 아니다. 좋은 자리라면 이미, 항상, 누군가 와(車) 있기 마련이다. 근사한 일자리 – 일류기업이 그 예 중 하나 – 는 직원모집·신규채용이라고 말부터 다르게 하며 구미에 맞는 사람을 뽑는다. 입맛에 맞춘 지원자가 줄을 선다.

보는 사람 열에 아홉은 관심도 없는 '알바 구함'이지만 누군가에게는 절실하다. 그 절실함 때문에 '알바 구함'은 줄지 않는다(일자리를 구하는 절박한 모습을 담은 사진 한 장이 떠오른다. 번잡한 거리에서 구직(求職)이라고 쓴 팻말을 가슴에 묶고 머리를 숙인 채로 서 있는 청년의 모습. 사진작가 임응식의 대표작으로 1953년의 시대상을 증언하는 명작이다).

길가의 술집에서 「손님 구함」을 보았다. '손님은 왕'이라 했으니 '왕'이

납시길 바라고, '고객은 주인'이라 하니 '주인'을 찾는 셈이다. 주인을
구하다니, 그럼 구하는 이는 노비란 말인가. 그렇다. 술집은 서비스업,
서비스(service)는 하인(servant)에서 온 말이다.

술장사 오래한 사람의 말을 들으면, 술 취해서 왕처럼 구는 손님도 있고
개처럼 무는 손님도 있단다. 그걸 다 가리지 않고 비위를 맞추려면
하인의 자세처럼 낮추는 것이 장사 비결이란다. '믿는 자에게 복'이 있듯
낮추는 자에게 돈이 오는 것이 서비스업이다. 하지만 요즘엔 그렇지도
않다. 명품급으로 소문난 서비스 업소에는 손님을 가려 받는 곳도
있으니 그런 경우는 손님이 졸이다. 아무리 돈을 들고 있어도 언제나
무엇이든 구하려는 이가 하인이다.

수 상 한
포 차

한글전용 글쓰기를 주장하는 이도 있지만 한자를 병용해야 한다고
맞서는 이도 있다. 한글로만 쓰면 뜻이 오해·곡해·혼동될 수 있다는
주장에 한자말을 한글로만 써도 이미 관용화된 말은 누구나 이해한다고
대꾸한다. 나는 한글전용·한자병용 다툴 일이 아니라는 입장이다.
한글로만 쓰건, 한자를 섞어 쓰건, 한자로만 쓰건, 영·불·독어로 쓰건
목적에 맞게 쓰면 되는 것을 전 국민을 원칙에 맞추어 줄 세울 필요는
없다는 말이다. 오히려 한글·한자·외국어 가리지 않고 초등학교때부터
잘 가르치는 것이 중요하다고 본다. 한글전용 앞세워 한자를 가르치지
않거나, 세계화시대라고 우리말보다 영어를 더 가르치는 것은 언어에
대한 절름발이를 만드는 셈이다. 필요한 언어는 필수로 가르치되
쓰기는 선택으로. 그게 자유, 바로 글쓰기의 정신이다.
이 시대의 불후의 명작 줄임말, '노사모'는 노무현을 사랑하는 모임,
'지못미'는 지켜주지 못해 미안해, '버카충'은 버스카드 충전, '이태백'은
이십대 태반이 백수, '넘사벽'은 넘을 수 없는 사차원의 벽. 출장가려고
고속버스터미널에 있는데 어떤 학생이 손전화로 친구에게 "야! 나 지금
'고터'에 도착했다. 너 어디니?"하더라. 가히 줄임말의 전성시대다.
「수상한 포차」를 본다. 실내포장마차가 포장마차로 줄더니 '포차'가
되었다. 거기에 수상할 게 뭐 있나. 분위기가 '볼매'일까, 맛이
'깜놀'일까. 그저 재미를 위한 수상(殊常)함일 게다. 한자를 쓰지 않아도

다 알아본다. 슬그머니 장난기가 돈다. 저 집 주인이 수상(首相)을
지냈나, 아니면 수상(垂裳)하고 있는 집인가, 어쩌면 인테리어가
수상(殊狀)할지도 몰라, 무슨 맛자랑대회에서 수상(受賞)을 했나. 혹 저
집에서 한잔하면 수상(隨想)이 떠오를지도….

시

施

'시'로 읽는 한자는 많기도 하다.

時市詩始示是視試侍矢媤屍翅蒔豕柿…兕

때를 이르는 時, 번화한 곳을 이르는 市, 이상과 김수영은 얼마나
훌륭한 詩인인가, 비로소 처음인 始, 가르치고 보여주는 示, 그렇지
옳지 옳아 옳을 是, 어두운 세상은 얼마나 답답한가 궁금하면 봐야 하니
볼 視, 아무리 살피고 익히고 비교하고 연습해도 試험은 싫더라, 사람이
사람을 모시고 받들며 侍중드는 것은 참 어려운 일이지, 날아가는
화살(矢)은 세월만큼 빠르지, 어머니도 할머니도 媤집살이를 하셨지,
아, 누구라도 죽으면 주검(屍)으로 남는 게 인생이지, 그 다음 영혼이
떠나가는 지느러미나 날개(翅)를 달겠지, 계절이 변해 봄이 오면 대지엔
아무런 일 없던 듯이 다시 뿌리내리는 모종(蒔), 그 옆엔 장단 맞춰
꿀꿀거리는 돼지(豕)우리, 땅속의 양분을 빨아올리며 떫을지 달콤할지
속내를 감추고 자라는 감나무(柿)…, 혼자 가는 무소는 얼마나 듬직한가.
글자 모양도 역시 그답네 코뿔소(兕). 그 중에 제일 뜻 깊은 '시'는
퍼주는 施라! 베푸는 일은 얼마나 위대한 일이랴.
어느 곳(강원도 홍천군 교육지원청)에 강의하러 갔다가 「施」를 만났다.
詩보다 더 번뜩하더라. 가르치는 일은 베푸는 일, 하지만 더 큰 베풂은
배워서 배운 대로 남을 위해 쓰는 일이다. 그래 '배워서 남 주자!'

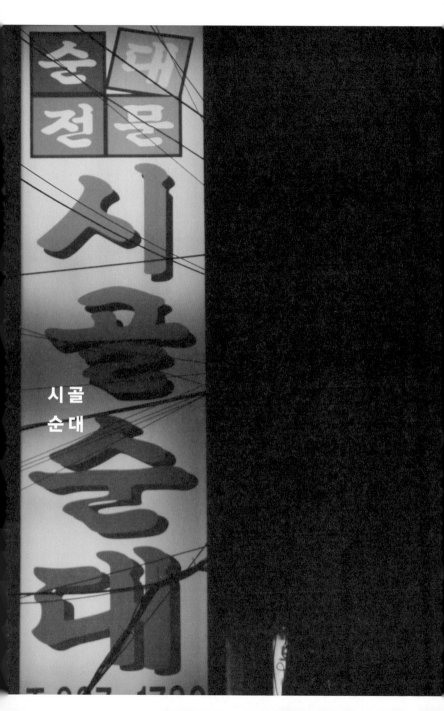

순대는 '돼지의 창자 속에 고기붙이, 두부, 숙주나물, 파, 선지, 당면, 표고버섯 따위를 이겨서 양념해 넣고 양쪽 끝을 동여매고 삶아 익힌 음식'이다. 오징어·명태·가지에 양념한 속을 넣어 찐 것도 순대라 한다.《음식디미방》(최초의 한글 요리책, 1670년 경)에는 개의 창자로도 만든다고 기록되어 있다. 순대는 창자에 피를 섞어 속을 채우기에 양념을 잘해도 특유의 냄새가 나는 탓에 사람마다 좋고 싫음이 명확하다. 아무리 순대를 좋아해도 집에서 순대를 만들어 먹기는 매우 어렵고 힘들다.

순대를 만드는 집은 순댓국을 함께 판다. 아니 순댓국을 말기 위해 순대를 만든다. 백암순대·병천순대·제주순대·연변순대가 유명한데, 사용하는 재료가 다른 지역적 특색을 보여준다. 고기순대·찹쌀순대·피순대는 주된 재료로 구분한 것이고, 아바이순대는 함경도순대의 다른 이름이다. 순대의 종류는 지역 또는 주된 재료로 구분된다.

도시의 한 골목에서 재미있는 순댓집을 만났다. 어두운 시간 - 공간이기도 - 을 배경으로 빛나는 「시골순대」. '도시에서 떨어져 있는 지역'이 시골, 백암·병천·제주·연변·함경도, 어디든 시골, 시골 아닌 지역이 어디 있는가. 그렇다면 저 「시골순대」는 우리가 알지 못하는 오지의 맛이거나, 팔도의 지역성을 다 버무린 맛이 아닐까. 아니면 '도시로 떠나온 사람이 고향을 이르는 말'이 시골이니 혹 고향의 맛일 수도 있겠다. 도시엔 각지 사람이 모여 사니 그 고향이 어디인지는 사람마다 다를 것인데…, 아, 저마다의 입맛을 알려주는 「시
                                                                골
                                                                순
                                                                대」

시인의
잡곡

연주회 포스터가 붙어 있는 유리문 안벽에는 그림이 걸려 있어 언뜻
화랑인가 싶었다. 붓놀림이 심상치 않은 「시인의 잡곡」, 곡물가게다.
가게 안이 보고 싶어 문고리를 잡는 순간, 보았다. 뚫어져라 열중해서
책을 읽는 주인을. 독서를 방해하면 안 될 것 같아 밖에서 슬며시 사진만
찍었다. 「시인의 잡곡」이니 주인은 분명 시인일 것이다. 시인은 시 쓰는
사람. 시란 무엇일까.

시는 언어의 건축이다. _마르틴 하이데거

건축을 하려면 갖은 재료가 동원되는데 주재료를 빼고는 모두
잡(雜)재료로 불린다. 쌀을 뺀 곡물이 잡(雜)곡으로 불리는 것처럼.
그러고 보니 시란 잡(雜)말의 행렬이다.
「시인의 잡곡」을 보니 '잡곡'이 자꾸 '잠곡'으로 보인다. '잠곡'은
조선시대 실학자 김육의 호다. 김육은 '조선후기 시행되었던 가장
합리적인 세법'으로 평가받는 대동법을 건의한 경세가다. 대동법은
국가재정을 부족하게 한다는 오해 때문에 전국적으로 시행되지 못했다.
김육은 죽으면서도 대동법의 시행을 상소하는 유언을 남겼다. 백성을
구제하는 조세법에 대한 확신이었다. 김육은 젊은 시절에 잠곡에

살았다. 잠곡(潛谷)은 물에 잠긴 계곡, 물속의 계곡마을. 물속에 사람이 살다니 가히 시적이다. 아, 시가 그렇다. 물속에 잠긴 말을 건져낸 것이 바로 시 아닌가. 많으면 안 보이고 잠기면 안 들리는 말, 많아서(雜) 안 들리는 가운데 듣고, 잠겨서(潛) 안 보이는 속에서 보는 눈이 시인이다. 잡과 잠은 무척 닮았다.

식후경

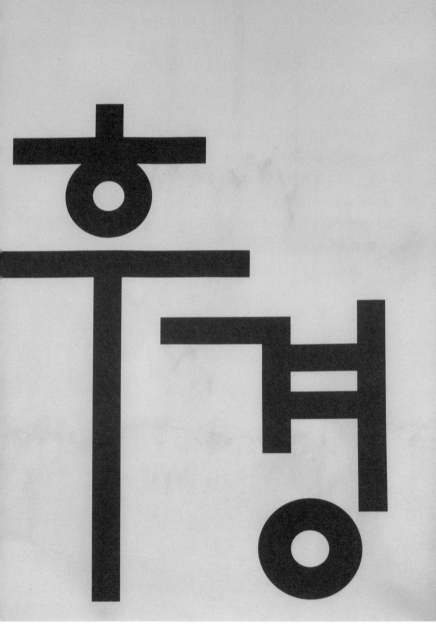

배가 고프면 사람은 '감정의 동물'이 아닌 '동물의 감정'이 된다. '수염이
대 자라도 먹어야 양반이다'는 배가 불러야 체면도 차릴 수 있다는 뜻,
먹는 것이 중요함을 이르는 말이다. 오죽하면 '먹는 게 남는 거'라고
말한다(먹었는데 뭐가 남았는지 모르겠지만). 먹는 게 얼마나 중하면 '먹고
죽은 귀신 때깔도 좋다' 한다. 살려고 먹는 상황을 넘어 죽어도 먹겠다는
각오가 보인다.

'아무리 재미있는 일이라도 배가 불러야 흥이 나지 배가 고파서는 아무
일도 할 수 없음을 비유적으로 이르는 말'이 '금강산도 식후경'이다.
천하명산이라는 금강산 경치도 배가 고프면 안 보이는 법이다.

남·북한이 한때 사이가 좋아 금강산 관광(1998년 11월 18일~2008년 7월
11일 잠정중단)이 시작될 즈음, 평소 알고 지내는 개그맨 전유성 형에게
금강산에 「식후경」 식당을 차리면 좋겠다며 웃던 기억이 새롭다.

백두산·묘향산·지리산도 「식후경」이라 하지 않고 오로지 '금강산도

식후경'이라 하니 과연 예부터 금강산은 천하의 경승이었다.

강원도 정선아리랑 가사 중에 '금강산 일만이천봉 팔만구암자'라 하니 금강산엔 봉우리 하나에 예닐곱 암자가 있는 십만억불토였다. 그 경승을 찬미한 시와 그림이 많다(시를 읊고 그림을 그리기 전에 식사부터 했을 것이다). 이름하여 '금강산도(金剛山圖)'. 금강산의 전경과 절경을 갖은 화법으로 그린 명작이 많다. 교통수단이 미비하던 옛날에 직접 금강산을 탐승하고 그리는 일은 무척이나 고된 일이었다. 무엇보다 시간과 노자가 많이 들었다. 편하게 즐기는 방법은 없을까. 바로 와유(臥遊, 누워서 유람한다는 뜻으로, 집에서 명승이나 고적을 그린 그림을 보며 즐김을 비유적으로 이르는 말)였다. 편하게 누워서 천하를 구경하니 신선놀음이 따로 없겠다. 무엇보다 「식후경(食後景)」의 부담이 없었다. 와유의 최대 장점은 식전경(食前景)이 가능하다는 것이다.

신굉기업

길에 서있는 택시를 보는데 회사 이름이 「신꿩기업」이다. 신꿩? 꿩?
꿩은 뭐야? '꿩'자는 일상에서 흔히 보(쓰)이는 글자가 아니다. 꿩음이
들리면 뭔가 심상치 않음이다. 꿩자가 들어가는 단어는 일상에선 낯선
글자요 낯선 발음이다. 꿩! 이라니. 자전을 살펴 꿩의 행렬을 만난다.

轟(울릴 꿩)	耾(귀먹을 꿩)
觥(뿔잔 꿩)	鍠(종고 소리 꿩)
鍠(종고 소리 꿩)	閎(마을 문 꿩)
軦(손잡이 꿩)	渹(물결소리 꿩)
硡(돌 떨어지는 소리 꿩)	竑(헤아릴 꿩)
翃(벌레 날 꿩)	耾(귀먹을 꿩)
觥(뿔잔 꿩)	訇(큰소리 꿩)
銧(쇠그릇 꿩)	

꿩자는 대부분 소리를 뜻하며 꿩장한 소리를 내는구나. '굉장(宏壯)하다:
아주 크고 훌륭하다. 보통 이상으로 대단하다.' 오호라. '굉장하다'에
쓰는 자가 바로 꿩(宏: 클 꿩)아닌가(그 택시의 반대편을 살펴보니
신'꿩'기업이 아니라 신광기업이더라. 누군가 '광'을 '꿩'으로 칼질해 놓았더라.
덕분에 꿩자 공부 한번 잘했다). 꿩장한 꿩!

신숙주

직사광선을 피하십시오.

신
숙
주

산나물·들나물엔 바람 냄새 배어 있고 정성들인 밭나물엔 거름 기운이 가득하지. 계곡·벌판·텃밭 다 뒤져도 없는 나물이 바로 집나물, 콩나물·숙주나물이 대표적이지. 산·들·밭나물은 달리는 물기에서 자라지만 집나물은 흘리는 물기에 자라지. 더 큰 차이, 산·들·밭나물은 햇빛을 탐하지만 집나물은 까만 어둠을 먹고 자라지. 다지고 버무리고 지지고 무치고 데치고 볶아 먹는 숙주는 녹두채를 이르는데 이름의 유래가 (두 가지 모두 신숙주와 관련된) 흥미롭지. 하나는 신숙주(申叔舟, 1417~1475)의 정치적 행위를 변절로 보는 시각이지. 신숙주는 단종을 버리고 세조 편에 들어 변절(선택일 수도)한 탓에 빨리 쉬고 맛이 변하는 숙주나물로 불러 조롱하게 되었다는 설이지. 다른 설은 백성들이 만두소에 넣는 녹두나물을 짓이기듯 신숙주를 미워하여 숙주나물이라 불렀다고. 또 다른 설은 기근이 들어 백성이 굶주릴 때 녹두를 수입해서 콩나물처럼 길러 먹자는 제안을 신숙주가 했다는 설도 있지. 기록에 의하면 녹두나물은 원나라와 교류가 많던 고려시대에 들어오고 숙주라는 이름은 조선시대에 붙은 것이지. 신숙주는 능력 있는 관료·학자·외교관이었지. 집안도 좋았고 후손도 좋았지. 이쯤에서 과연 신숙주의 후손은 숙주나물을 먹는지 안 먹는지 궁금하지. 실제로 고령 신 씨 중 일부 파에서는 제상에 숙주나물을 올리지 않는다고 하지(조상과 인연이 깊은 잉어를 먹지 않는 파평 윤씨의 경우와는 방향이 다른). 숙주나물 포장상자에 새겨진 「신숙주」는 분명 신숙주(申叔舟)는 아닐 터(후손들이 화를 낼 것이므로). 새롭게 길렀다고 신숙주(新叔舟)? 믿고 사라는 신숙주(信叔舟)? 매운 맛나는 신숙주(辛叔舟)? 귀신도 모르는 신숙주(神叔舟)? 한글로 쓴 「신숙주」는 미혹의 역사지.

십十 (자가)

예수가 십자가(사형틀) 형에 처해졌다. 그 후 십자가는 교회의 상징이
되었다. 너도나도 크리스마스를 축제로만 즐기지 말고 십자가의
의미(사랑·희생·구원)를 새기면 좋으련만, 안타깝게도 세상은 이웃의
슬픔과 아픔을 외면하는 일이 잦다. 사시사철 네온십자가를 켜는
교회들은 반성할 일이다. 붉은 열정으로 빛나는 십자가는 무슨 이유로
무엇을 위하여 발광하는지 살펴볼 일이다. 십자가를 보며 드는 생각,

좌-우를 이으니 수평(평등, 사람은 당연히 그래야지) 관계의 완성이요,
아래-위를 곧게 이으니 옳음(정의, 힘없는 자들이 억눌리지 않는)의 극치,
그 둘이 만나니 조화의 궁극! 십자가는 사람과 세상을 위한 균형이더라.
세상엔 '가난한 이들의 교회'가 온당하며, '규제 없는 자본주의는 새로운
독재'이고, '고통 앞에 중립은 없다'고 선언하며, '불꽃놀이를 거두고
인생의 유한함을 돌아보라'고 권유하는 프란체스코 교종. '항상 깨어
있으라'고 하시지. 그렇지, 깨어 있는 ✚자가야말로 ☺이요 ☀이지.

싱싱(은 어디에나 안성맞춤!)

'시들지 아니하고 생기가 있는', '힘이나 기운 따위가 왕성한', '기세 좋게 돌아가는' 모양이 싱싱! 싱싱이란 말은 뱉어도 들어도 싱싱! 그야말로 기운이 왕성하고 기세 좋게 넘치는 상태다. 누구에겐 오늘 누구에겐 내일일 수도, 또 다른 누구에겐 꿈결일 수도. 그래도 싱싱(함)을 싫어하는 이는 아무도 없어 싱싱(함)은 언제나 좋아라. 말이 달라도 싱싱한 노래가 된다. 싱 싱 싱!

♩ ♩ ♩ ♩ ♩. ♪ ♩. ♩ ♩. ♩. ♩…

sing sing sing sing everybody start to sing…

상상력을 자극하는 「싱싱」한 간판을 본다. 상상이 아니라 싱싱! 생생이 아니라 싱싱! 「싱싱」은 상상보다 생생한 현실. 저 말 떼어다 여기저기 붙이고 싶어라, 달고 싶어라.

싱싱채소·싱싱과일·싱싱빵집·싱싱떡집·싱싱횟집·싱싱갈비·싱싱쌈밥·싱싱주스·싱싱우유·싱싱두부·싱싱튀김…은 입맛이 돌고, 싱싱노래방·싱싱빨래방·싱싱게임방·싱싱PC방·싱싱전화방·싱싱만화방·싱싱비디오방·싱싱금은방·싱싱모텔·싱싱찜질방…은 왠지

들어가고 싶고, 싱싱화원·
싱싱과수원·싱싱농장·싱
싱목장·싱싱양어장·싱싱
수목원·싱싱주말농장…은
풋풋한 기운이 감돌고, 싱싱
자전거·싱싱오토바이·싱싱버
스·싱싱택시·싱싱관광·싱싱항공
·싱싱렌터카…는 질주본능을 자극하고,
싱싱약국·싱싱의원·싱싱피부비뇨기과·싱싱치과·싱싱한의원…에
가면 찌뿌등한 몸이 풀릴 것 같고, 싱싱고물상·싱싱중고매장·
싱싱카센터…는 재활용을 위대한 생산이라 말하고, 싱싱산후조리원·
싱싱유치원·싱싱학원·싱싱놀이터·싱싱도서관·싱싱체육관·싱싱문
화원·싱싱복지관·싱싱노인정·싱싱요양원…은 요람에서 무덤까지
싱싱함을 꿈꾸지. 동해, 서해, 남해보다 더 깊고 흑해, 사해보다 신비한
의미가 묻힌 곳. 꿈의 바다, 싱싱해! 맛의 바다, 싱싱해! 말의 바다,
싱싱해!

CCTV
촬 영 중

취할것이며 배상 책임도

명심 하시길 바랍니다!!

CTV촬영중

는

✖

보다
강력하다

가위그림은 '금지' 경고를 넘는 단호한 의지. 무엇을 자르려 하는지는
삼척동자도 다 알지만 아직 잘렸다는 소문은 듣지 못했다. 마려운
똥·오줌을 참기란 쉽지 않은 일, 아주 급하면 예의는 다음 실례가
먼저. 특히 남성들의 소피가 잦다. 소피(所避)란 글자에 답이 있으니,
바 소(所)에 피할 피(避), 화급함을 피하는 장소를 이른다. 가위그림은
바로 소피를 보는 남성들을 겨냥하고 있다. 경고문도 가지가지.
'소변금지'는 고전이고, 어디선가 사람을 개로 모는 '한 발을 드시오'를
본 적도 있다. 요즘엔 가위의 약발을 강조하는 고추, 그것도 빨간고추를
그리고 그것도 모자라 CCTV까지 동원한다. 치우자니 귀찮고 놔두자니
불결하고 참자니 나는 짜증…, 이해는 가지만 어쩌랴 터지는 오줌보는
하느님도 못 막는 것을.
술집 많은 큰길에 들어서는 어느 사옥을 디자인할 때의 일. 건축주는
오밤중에 지나는 취객들의 소피를 몹시 걱정했다. 대안을 묻기에,
"후미진 곳일 수록 깨끗하게 치우고 밤에는 환하게 불을 밝히면
됩니다." 그러자 취객들은 그곳을 찾지 않았다. 밝은 불빛은 가위보다
힘이 세다.

아는
집

어떤 집을 안다는 것은 그집 주인을 안다는 것, 그러니 아는 집이란 곧 아는 사람이다. 안다는 것에 대한 속담을 보면 안다는 것이 답(편안)이 아니라 문제(불안)임을 짐작할 수 있다. '아는 놈 당하지 못 한다', '도둑질도 아는 놈이 한다', '아는 놈이 도둑놈'이라니 '아는 게 병이고 모르는 게 약'이 아닌가.

누가 어느 가게를 믿고 오래 다녔는데 오히려 단골에게 바가지를 씌운 것을 나중에 알게 되었다는 말을 들었다. 말하자면 '아는 집'에서 뒤통수를 맞았다는 것이다. 또 어떤 횟집에선 밖에 설치해둔 수조에서 비싼 활어가 날마다 한 마리씩 없어져서 몇 달을 지켜보다 범인을 잡았더니 바로 옆집, 아는 사람이었다 한다. 하지만 아무리 '아는 게 병'이라 해도 모르는 집보다 아는 집이 익숙하고 편안한 것은 사실, 안다는 것만으로 왠지 믿음을 갖게 하기 때문이다. 업종마다 유명한 집,

오래된 집, 솜씨 좋은 집, 믿을 만한 집, 친절한 집…, 많고 많아도 그래도
아는 집이 최고다.

작은 읍내 한길가의 허름한 간이주점, 문은 닫혔지만 간판은 「아는 집」
아니냐고 웃고 있더라. 나는 모르는데 「아는 집」이라니, 이럴 때는
주인이 누구일까 아삼아삼해진다.

아는 집을 찾는 이유는 사람마다 다르지만 근본적으로 모르는 집에
비해 대접을 잘 받기(하기) 때문이다. 대접을 잘 받으면 누구라도 기분이
좋지 않은가. 대접(待接)을 생각하면 접대(接待)가 떠오른다.

● 접대를 잘하는 최고의 비결: 돈 내는 이가 아는 집으로 가지 말고,
접대받는 사람이 아는 집으로 갈 것(그 이유를 모르는 이는 접대/대접
체질이 아님을 자각하시라).

I · SEOUL · U

I · SEOUL · U

'Hi seoul' 'Soul of asia' 뒤를 잇는 서울시의 브랜드. 아무리 봐도 무슨
말인지 모호하다. '너와 나의 서울'이라 설명하지만 '나는 나, 서울은
서울, 너는 너'라는 비웃음도 같이 있다. SEOUL 대신 다른 도시로
바꾸어본다. 다른 도시라면 다른 느낌이 있을까, 해서.

I · BUSAN · U

I · DAEJEON · U

I · INCHEON · U

부산, 대전, 인천도 별 다른 느낌이 없다.

혹시 우리나라 도시라서 그런가.

I · BERLIN · U

I · MOSKVA · U

I · CAPE TOWN · U

여전히 별 느낌이 없다.

문제는 도시가 아니고 말의 방법에 있다.

(I · SEOUL · U는 더듬는 말이다)

I·SEOUL·U

너와 나의 서울

야구장
가는길

전방 70 M

목적지만을 표시한 보통의 안내판과 달리 친근한 안내판을 만났다.

「야구장 가는 길」

세상에 있는 길은 세상을 잇는 길이다(가끔 우리가 잊는 길도 있다).

길은 걸어야 제 맛, 「야구장 가는 길」은 왠지 걷고 싶다. 「야구장 가는
길」은 야구장만 중요한 것이 아니라 가는 길의 경과를 생각하게 한다.
70미터만 더 가면 야구장이다. 같은 거리를 걸어도 여자와 남자 어른과
아이의 보폭이 달라 걸음 수가 다르다. 보폭은 대략 자신의 키 높이에서
100을 빼면 얼추 맞는다. 보폭은 여름보다 겨울이 조금 길다. 여름보다
겨울철의 걸음걸이가 빠른 이유다.

세상의 모든 길은 어디론가 「가는 길」이다. 아이들은 '학교 가는 길'보다
'놀이공원 가는 길'이나 '동물원 가는 길'을 더 좋아한다. '산사로
가는 길'은 호젓하고, '그대에게 가는 길'은 기대에 부푼다. 사랑하는
사람들은 '손잡고 가는 길'에서 '밤이 깊어 가는 길'을 좋아하지만 '홀로
가는 길'을 즐기는 사람도 있다. '독재로 가는 길'은 몰락이 보이고
'미래로 가는 길'은 예측하기 힘들다. '밝은 사회로 함께 가는 길'은
'가나안으로 가는 길'보다 더 어렵다. '통일로 가는 길'이 어려우면 먼저
'백두산 가는 길'이라도 닦으면 어떨까. 실향민은 '고향 가는 길'을
밟고 싶고 어느 시인은 '빈 배로 가는 길'을 노래했지. 누구나 살아서는
'행복으로 가는 길'을 꿈꾸며, 죽어서는 '영원으로 가는 길'과 '천국으로
가는 길'을 소망하지….

같은 목적지에 이른 사람들도 떠난 곳은 모두 다르다. 같은 곳을 향해
각기 다른 곳에서 떠나기도, 다른 곳을 향해 같은 곳을 떠나기도 하는
것이 인생임을 「야구장 가는 길」에서 생각한다.

애 들 아
놀 자

어느 어린이집 앞에 내걸린 현수막. 이보다 더 좋은 말이 어디 있으랴.
「애들아 놀자」
어른들은 툭하면 '먹는 게 남는 거다' 말하는데 어린이들에겐 정말 노는
게 남는 거다. 아니 노는 것이야말로 최고의 교육이다. 언제부터인지
노는 것은 비생산적인 것이라는 이상한 관념이 생겼다. '놀지 말고
공부하라', '놀지 말고 일하라'라는 말은 놀이에 대한 무의식적 혐오를
드러낸다. 할 일을 미루며 노는 것은 좋다고 할 수 없지만, 어린 시절에
노는 것은 무조건 좋다. 놀이를 통해 배울 것이 너무 많기 때문이다.
'놀지 말고 숙제하라', 할 일이 아니라 놀면서도 할 수 있는 숙제를

주는 것이 의당한 일이다. 놀이란 여럿이 모여서 노는 일, 그것도 즐겁게 어울리는 것이다. 집단으로 하는 놀이는 서로 정한 규칙을 지키는 사회성과 협동심을 길러주고, 온몸을 쓰니 전신운동의 효과가 있다. 골목을 돌아다니며 놀면 자기가 사는 지역을 이해하며 지리와 공간감각 발달에 좋다. 특히 놀이에 필요한 기구를 직접 만들면 제작과정의 수고에서 인내심을 배우고, 만든 후엔 성취감을 느낀다. 그것은 책상 위에서 가르칠 수 없는 대단한 교육이다. 하지만 요즘은 뭐든지 학원에서 배우고(가르치고), 필요한 기구는 문방구에서 사서 쓴다. 밖에서 하는 놀이는 위험하니 안에서 책(컴퓨터)만 보며 있으라고 한다(아이들의 신변안전을 위해 그리 변한 세태는 놀이의 상실보다 더 슬픈 현실이다). 인간은 '생각하는 존재', '도구를 사용하는 존재', '노동하는 존재'를 넘어 '놀이하는 존재'다. 개인적 즐거움에서 공동의 이타심까지, 셈하는 법부터 상대를 짐작하는 마음까지, 생존에 필요한 기술부터 생활을 즐기는 여유까지 모두 놀이에서 출발한다. 잘 가르치려면 잘 놀게 해야 한다. 오늘도 내일도 「얘들아 놀자」.

'시험'하면 떠오르는 사지선다형(四枝選多型) 문제는 '한 문제에 대하여
네(四) 개의 항목 가운데 정답 또는 가장 적당한 항을 고르게 하는 문제
형식'이다. 그럼 오(伍)지선다형이 되면 더 어렵고 삼(三)지선다형이
되면 더 쉬울까. 그럼 두 개 중에서 하나를 고르는 '이(二)지'선다형
– ○×문제 – 은 아주 '이지(easy)'할까. 그렇지 않다. 정해진 답을
요구하는 문제는 고를 수 있는 항목 수의 많고 적음과 관계없이 모두
어렵다. 답이 오로지 하나이기 때문이다. 하나를 모르면 서넛을 아는
것이 의미 없고, 네다섯을 모르니 하나를 정할 수 없다(흔히 객관식
문제에서 답을 '찍는' 것은 정하는 것이 아니라 고르는 것이다. 모르는 채로.
정확한 대답 아닌 중얼거림 같은).

×○○   ×××   ○○○
×○×   놀이기구. 누군가 돌리면 ×××~○○○ 언제나 바뀔 수 있다.
○××   ×××   ○○○
        (○와 ×의 갈등, 무한한 질문에 하나를 선택해야 하는 단순함)

○ [명사] 오(동그라미)는 맞고,
× [명사] 엑스(가위)는 틀리다고? 글쎄…?
맞고 틀린 것을 넘어 다른 생각을 말하고 싶을 때 택하는 부호를
만든다면, 동그라미도 가위도 아닌 세모(△)이리라.
어린이 놀이기구 – ○×패널 – 에 세모(△)는 왜 없을까.

열매상회

요즘의 과물전(果物廛) 풍경은 예전과 많이 다르다. 예전엔 계절마다
제철과일이 많았지만 지금은 시도 때도 없이 무슨 과일이나 다 있다.
여름이나 봄, 겨울에도 가을처럼 언제나 과일이 넘친다. 이 땅에서
키운 것도 많지만 바다 건너 배 타고 온 것이 더 많으니 요즘의
과일전은 그야말로 시공간을 초월한다. 생산(대규모 기업농)부터
유통(대형 냉장운반·보관)에서 소비(냉장고)까지 지역(장소·공간)과
계절(시간)이 혼재한다. 작명의 자유시대, 재치발랄한 상호가 많다.
과일가게 상호엔 과일을 내세운 것이 많다. '행복한 과일' '맛있는 과일'
'과일드림' '싱싱과일' '신선과일' '통통과일' '총각네 과일' '과일의
모든 것' '과일나라' '명품과일' '과일백화점' '과일스토리' '과일만세'
'과일학교' '과일전문점' '과일모아' '과일하우스' '과일랜드' '과일박사'
'과일특공대' '과일나무' '과일바구니' '착한과일' '과일연가' '과일짱'
'과일사랑' '과일향기' '엄마네 과일' '아빠네 과일' '오빠네 과일'
'아침과일' '통큰과일' '과일누리' '과일왕국' '과일최고' '과일동산'
'과일파티' '비타과일' '과일대장' '빨간과일' '과일촌' '대박과일'
'하늘과일' '팔도과일' '굿과일' '과일장터' '과일숲' '과일낙원'
'과일천국'… 등. 과일은 단맛이 나던 신맛이 돌던 '사람이 먹을 수 있는'
열매다.

열 매 상 회

길 가다 보았다. 과일을 통찰한 그 가게는
바로 「열매상회」다. 그렇지. 세상에 열매 아닌
과일이 어디 있으랴.

**영어는
공부가
아니고**

훈련이다

S대학에 합격한 어떤 이가 "공부가 제일 쉬웠다"고 말해 화제가 된 적이 있다. 대부분 공부를 어려워하며 하기 싫어한다. 왜 공부를 싫어할까. 할 수 없이, 억지로 하기 때문이다. 타의로 하는 일은 무엇이라도 싫은 법. "공부가 제일 쉬웠다"고 말하는 이는 분명 스스로, 하고 싶어서, 간절히 원하면서 공부했을 것이다. 그러니 가장 쉽고 즐거울 수밖에.
길 가다 보았다.「영어는 공부가 아니고 훈련이다.」
공부와 훈련의 차이는 뭘까. 공부는 어렵고 훈련은 쉽다, 공부는 아무나 되는 것이 아니지만 훈련은 누구라도 된다는 뜻을 풍긴다. 그럴까.
사전을 찾아본다.

공부: 학문이나 기술을 배우고 익힘.
훈련: 기본자세나 동작 따위를 되풀이하여 익힘. 가르쳐서 익히게 함.

공부나 훈련은 결국 같은 말이다. 다른 말도 찾아본다.

연습: 학문이나 기예 따위를 익숙하도록 되풀이하여 익힘.

학습: 배워서 익힘.

공부·훈련·연습·학습은 모두 같은 말이다. 그러니 '공부가 아니고 훈련'이라는 말은 말장난이다(다르게 가르친다는 주장일 수는 있겠지만). 잊을 수 없는 공부에 대한 생각. 일본 스즈카(鈴鹿)시에 있는 에즈원커뮤니티(as one community)의 농장을 방문했을 때 들은 말, "아이들에게 감자 심는 법을 보여주고 마음대로 심게 합니다. 일정한 간격을 유지하거나 줄을 똑바로 맞추라고 말하지 않습니다. 감자가 자라는 것을 계속 보면서 스스로 알게 되니까요. 혹 감자를 심다가 벌레를 보고 흥미를 느껴 감자를 심지 않는 아이가 있어도 '감자를 심으라' 하지 않습니다. 벌레를 관찰하는 일도 감자심기만큼 흥미로운 공부니까요." 아, 그렇지. 공부는 그렇게 물 흐르듯 자연스럽게 가르치는 것이다. 「공부가 아니고 훈련」이라 말하는 곳에 어디 '공부'가 있겠는가. 배우는 것보다 가르치기가 어려운 것이 진정한 「공부」다.

오늘
끝

지금은 보기 어려운 서커스단이나 남사당패 또는 풍각쟁이패 등은 한 곳에 머물지 않고 유랑하는 예인집단이다. 붙박이 극장에서 공연하는 것이 아니라 이 고을 저 마을 관객을 찾아가는 이동식 공연단이었다. 머묾의 기일이 정해져 있지 않다는 것이 유랑의 특징이다. 관객이 많던지, 여건이 좋으면 오래 머물고 그렇지 않으면 일찍 떠난다. 장사에도 이동식 장사가 있다. 포장마차나 푸드트럭 같이 이동수단을 말하는 것이 아니라 점포 전체가 이동하는 말하자면 이동상단이다. 사람이 붐비는 곳에 임시로 자리를 빌리거나, 주인이 바뀌는 점포를 며칠 쓰다가 사라진다(간혹 주인은 바뀌지 않고 업종 변경을 위해 내부공사를 준비하느라 잠시 노는 점포를 이용하기도 하는데 그럴 때마다 어떻게 그 틈을 알고 활용하는지 그 정보력과 민첩성에 놀란다). 동네에 들어온 유랑상단을 보았다. 상가입구 바닥에 물건을 진열하고 큼직하게 '정리 끝'을 써 붙였다(시작하자마자 정리한다는 게 좀 이상하지만 그들은 경험상 정리효과를 믿는 게 틀림없다). 그 다음 날은 '폐업 끝'으로 바뀌었다. 그 다음 날은 '내일 끝'이라고 써 붙였다. 마침내 「오늘 끝」이 왔다. 하지만 오늘은 끝이 아니었다. 그 다음 날 붙은 말은 '짐 싸요'였다. 정리에서 시작하고, 폐업과 내일을 거치고, 「오늘 끝」에 짐 싸기까지 닷새 ─ 나흘을 예상했다가 하루가 더 늘어난 것인지도 모를 일, 유랑하는 존재는 떠나는 기일을 예측할 수 없으니 ─ 동안 장사하고 아무 일 없다는 듯 그들은 떠났다. 떠나면서 언제 다시 올 지도 모른다는 듯 '신월동 엄마들 안녕'이라고 인사를 잊지 않는다(그들이 파는 물건들은 주로 엄마들이 구매하는 물건이었다). 「오늘 끝」이 오늘이 아닌 그 이동상단 식구들은 오늘 어느 동네 엄마들과 작별인사를 나누고 있을까.

**오늘
마실
술을**

**내일로
미루지
마라**

Fi

⟨~ (5GHz)

501002608

오 늘 마실술을

내일로 미루지 마라!!!

술병에 반쯤 남은 술을 보고 "어느새 절반이나 마셨군"하는 술꾼과
"아직 반이나 남아 있군"하는 술꾼이 있다. 염세론자와 낙천론자를
구분한 예다. 버나드 쇼가 한 말이라는데 턱도 없는 말씀이다. 술병이
빈만큼 마신 것이고 찬만큼 남은 것 - 비었다는 것과 남았다는
것만 사실 - 이지 그것을 보고 느끼는 감정을 그 사람의 관념이나
사고방식을 가를 잣대가 될 수는 없다. 반쯤 차(비워) 있는 술병을 보는
순간 마시고 싶지 않으면 많이 남았다 느끼고, 술이 당기는 날이면 적게
남았다고 느낀다. 감정이란 늘 일정하지 않고 수시로 변하는 것이다.
술은 어쩌다 마시지만 일은 날마다 한다(날마다 마시고 어쩌다 일하는 이도
있다). 시작과 끝, 해야 할 몫, 일의 범위 등을 정해 놓고도 지켜지지 않는
경우가 많다. 그런 일은 해도 해도 끝이 없는데 하지 않으면 바로 티가
난다. 일이란 하고나면 새 일이 오고 미루면 큰 일이 온(된)다. 일이란

있어도 없어도 걱정, 많아도 적어도 걱정이다.

'오늘 할 일을 내일로 미루지 마라'는 잠언은 일을 대하는 자세와 시선에서 자율적 선택과 타율적 강요를 동시에 품고 있다. 일을 스스로 기꺼이 할 때는 오늘 마치려 하는 것이 즐겁지만 누가 시켜서 억지로 할 때는 내일 아닌 모레 글피로 미루고 싶다.

술 마시다 보았다.

「오늘 마실 술을 내일로 미루지 마라」

술꾼의 문제는 '오늘 마실 술을 내일로 미루'어 생기는 것이 아니라 내일 마실 술까지 오늘 마시는 데 있다. 내일 마실 술까지 오늘 다 마시면 과음이고, 모레 마실 술까지 오늘 다 마시면 폭음이 된다. 술꾼들은 '오늘 마실 술을 내일로 미루지' 않는다. 즐거운 일을 왜 미루겠는가.

오만 가지

어느 유서 깊은 절에 출가를 원하는 이들이 많이 찾아왔다. 그 중엔 행자생활부터 진득한 경우는 드물고 중도에 포기하고 제 발로 나가는 경우가 더 많았다. 그런데 그 예측을 정확히 하는 고승이 있었다(수십 년간 한 번도 틀린 적이 없었다). 어느 날 시자가 물었다. "스님께서는 어찌 머리도 깎기 전에 한 번 보고는 중노릇 오래할지 중간에 그만둘지를 금방 아십니까?" "아주 쉬운 방법이 있다. 절에 들어올 때 들고 온 가방을 보면 안다. 가방이 큰 놈은 금세 도망가고 빈손으로 온 놈이 중노릇 오래 한다." 고승은 출가자의 가방 크기를 보고 발심의 정도를 가늠한 것, 한마디로 아무 것도 지니지 않고(다 버리고) 출가한 사람이 중노릇 제대로 한다는 경험과 판단이었다. '가방끈이 길다'는 학력이 높다는 말이고, '가방이 크다'는 오지랖이 넓고 분심이 잦아 정진하기 어렵다는 절집 말이다. 가방에 어디 물건만 들어가는가. 가방에는 「오만 가지」가 들어간다(물건이 제 발로 가방에 들어갈 리 없으니 갖은 잡물을 집어넣는 것은 오로지 사람이다). 큰 가방에는 물건도 사연도 이유도 핑계도 많이 들어갈 수밖에. 해서 가방을 보면 주인이 보이고, 가방 속을 보면 주인 속을 안다(가방의 닮음은 마음의 닮음과 다름 아닌 말이다). 문득, 들고 다니는 가방에 무엇들이 있(었)는지 열어(살펴)본다.
– 책 몇 권(수시로 바뀌는), 작고 두꺼운 노트와 필기구(굵은 심의 샤프펜슬과 볼펜, 부러진 연필 한 자루), 휴대용 물티슈, 안경, USB, 교통카드가 들어 있는 명함수첩, 어디서 받았는지 모르는 대리운전 명함, 어디서 넣었는지 모르는 (눅진)박하사탕 하나, 그리고⋯⋯⋯⋯⋯ ⋯⋯⋯⋯⋯⋯⋯⋯⋯⋯⋯⋯⋯⋯⋯⋯⋯⋯⋯⋯⋯⋯⋯⋯⋯⋯⋯⋯⋯⋯ ⋯⋯⋯⋯⋯⋯⋯⋯⋯⋯⋯⋯⋯⋯⋯⋯ (지난 시간과 공간의 궤적, 걸었던 거리와 냄새, 만났던 사람들의 표정과 속셈을 다 목격했으나 증언하지 못하는) 뭔지 모를 「오만가지」 먼지!

오소리감투

순댓국집이라면 순댓국밥과 함께 각종 부속 부위를 판다. 살코기 아닌 부위는 저렴한 가격에 비해 맛도 좋아 서민의 먹거리로 인기가 많다. 그 중에 오소리감투가 있다. 다른 부속물에 비해 가격이 비싸서 취급하지 않는 집이 많다. 오소리감투를 국밥에 넣어 주거나 따로 파는 집은 장사가 잘 되는 곳이다. 오소리감투는 쫄깃하면서도 질기지 않고 씹을수록 고소한 맛이 돌아 은근한 별미다. 원래 오소리감투란 '오소리 털로 만든 벙거지' 즉 방한용 털모자를 말하는데 그 성근 모습이 비슷한 돼지 위를 오소리감투라고 부르는 모양이다. 돼지고기 맛 중에는 머리고기도 뺄 수 없다. 고사를 지낸 후 웃는 얼굴 베어 먹거나, 눌러놓았다가 자르거나 다 맛있다. 간으로 새우젓과 소금, 어느 것이 더 좋은지는 입맛의 차이니 다툴 일은 아니고.

어느 순댓국집, 머리고기 한 접시에 막걸리 마시는 손님 중에 나이 든 한 사람. 주인은 삶은 돼지머리 발리는 칼질에 땀이 나는데 자꾸만 불러서 말을 시킨다.

"이봐, 돼지머리만 하지 말고 소머리를 하라고." – 아, 예….

"돼지머리보다 소머리가 더 맛있다니까." – 예, 예. "내가 소머리를 잘 알아. 무지 먹어봤거든. 돼지머리만 하지 말구 소머리를 하라구."

– 예, 예, 예. "소머리를 삶은 물은 국물로 쓴다구." – 예, 예, …예.

"소머리고기가 얼마나 맛있는지 자네가 몰라서 그래. 손님들도

머리고기 大
(국내산)   小 1.
오소리감투 (국내산) 10
돼지한마리 (국내산) 20
김치(국내산) 깍득

돼지머리보다 소머리를 더 좋아할 거야." – 예, 예, 예. "소머리를
해야 손님들이 많이 올 거 아냐. 그래야 장사가 더 잘 되고 말이야."
– 예, 예, 예, 예. "돼지머린 맛없어. 소머리가 맛있지." 드디어 주인이
입을 열었다. – 제가 하루에 돼지머리 마흔 개를 삶습니다. 이십 년
이 장사했습니다. 지금도 충분히 바쁩니다. 소머리는 제가 모릅니다.
앞으로도 돼지머리만 삶을 겁니다.
"아, 자네가 소머릴 몰라서 그래. 소머리를 삶으라니까. 답답한
사람이군." 아, 누가 답답한 걸까. 옆에서 보는 나도 답답하더라. 이런
경우는 우이독경(牛耳讀經)일까, 돈이독경(豚耳讀經)일까.

오시날개

우아한 공작새와 위엄 있는 독수리도 깃털이 빠지면 초췌하고
추레하다. 날개의 부재가 주는 초라함이다. '비 맞은 닭'을 보면
쓸모없는 날개의 쓸모가 새삼스럽다. 좋은 옷을 입으면 사람이 돋보여
'옷이 날개'라 한다. 날지 못하는 운명일수록 날개를 탐한다. 필시
하늘을 나는 새들은 서로 날개를 자랑하지 않을 것이다. 날고 싶은
욕망을 파는 가게 이름,

　　「오시날개」

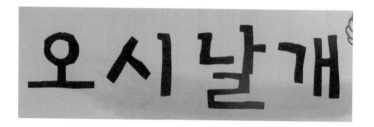

가난한 사람은 삼시세끼 허기를 면하면 다행이지만 늘 배부른 사람은
진수성찬과 수륙진미를 탐하고, 더 배부른 사람은 골라먹기와 덜먹기를
꿈꾼다. 먹기 위해 사는 것과 살기 위해 먹는 것은 그 차원이 크게
다르다. 대중식당은 값싸고 양 많음을 자랑하지만 고급식당은 좋은
재료와 조리솜씨를 내세운다. 성찬이어도 격식 없는 식사가 있고
조찬(粗饌)이어도 품격 있는 자리가 있다. 입맛대로 먹기보다 유행 따라
먹고 마시는 시절이 왔으니 곧 이런 식당이 등장하리라.

「바비날개」

마시는 이슬은 취하게 하고 보는 이슬은 영롱하지만, 맞는 이슬은
사람을 슬프게 한다. 집 없이 거리에서 사(자)는 사람들, 이슬(露)
맞고 자는 사람이 바로 노숙자(露宿者, homeless) 아닌가. 집은
천태만상(이슬만 피하는 움막에서 갖은 장식의 궁궐까지)이다. 옛말에 '백
냥으로 집 짓고 구백 냥으로 이웃 사라'고 했지만 요즘엔 천 냥으로 집
사고 이웃은 아예 없다. 이웃이 없는데도 과시의 욕망은 끝을 모른다.
미모의 여배우가 같이 살자고(그녀는 그곳에 살지 않는다) 유혹하는
아파트 광고, 이런 문구는 어떤가.

「지비날개」

50년
전 통

50년

(1965년 2

전통

원부터~)

칼국수는 '밀가루에 달걀을 섞어 반죽하여 칼국수로 하고 꿩고기 삶은 즙에 말아서 쓴다'는 기록이 조선시대 요리서인 《음식지미방(飮食知味方)》에 있어, 예부터 대중적인 음식임을 알 수 있다. 바지락칼국수는 '바지락으로 우려낸 국물에 밀가루 반죽을 얇게 밀어 칼로 썬 국수를 넣어 삶은' 것으로 바지락이 생명이다. 생각만 해도 입에 침이 고인다.

허름한 옛 자취가 남아있는 종로통 뒷골목, 오래되고 소문난 칼국수집 담벼락에서 보았다. 「50년 전통(1965년 20원부터~)」

'4월은 가장 잔인한 달'이라 읊었던 시인 T.S. 엘리엇, 전설적 재즈싱어 냇 킹 콜, 독재자 이승만 대통령, '생명에 대한 경외'를 실천한 알베르트 슈바이처, 그리고 위대한 건축가 르 코르뷔지에가 세상을 떠난 1965년, 서울에서 바지락칼국수 한 그릇이 20원이었구나(짜장면 가격은 25원, 라면은 10원이었다).

1965년에 태어난 사람은 지금 몇 살이런가. '하늘의 명을 안다'는 지천명, 50년 넘게 바지락을 만지고 국수를 썰었다면 그야말로 조개의 마음과 밀가루의 성질이 손에 잡히겠구나. 그동안 이 집을 거쳐 간 손님들은 얼마나 될까. 어림잡아 50년×365일×100~150명/하루 = 1,825,000~2,737,500명 쯤 된다(180만 명이면 충청북도 인구(약 160만)보다 많고, 270만 명이면 인천광역시 인구(약 300만)와 엇비슷하다). 문지방이 열 번도 더 닳았을 발걸음이다. 과연 맛국물을 내기 위해 쓰인 바지락은 얼마쯤 될까. 칼국수 한 그릇에 바지락 50여 마리가 들어간다면 50년 동안 쓰인 바지락은 91,250,000~136,875,000여 마리. 가히 조개더미를 이룰 양이다. 김수영은 시 - 거대한 뿌리 - 에서 '전통은 아무리 더러운 전통이라도 좋다'하며 '우울한 시대를 파라다이스처럼 생각'했는데 나는 겨우 「50년 전통」 앞에서 사라진 패총(貝塚)을 그려보고 있다.

588

'88올림픽'은 1988년 서울올림픽대회를 말한다. '88' 상표의 담배도 나오고, '88올림픽고속도로'가 닦였다. 대한민국의 국제적 이미지도 '88올림픽' 이후 팔팔해졌다. 2008년 하계올림픽은 중국 베이징에서 8월 8일 오후 8시에 개막했는데 혹자는 8분 8초까지 맞췄다고 말한다. 중국인이 숫자 8을 엄청 좋아한다는 설명과 함께. 숫자 8은 넘어져도 다시 일어서는 오뚝이를 닮았다. 그래서일까. 육군 8사단을 '오뚜기 부대'라 부른다. 8을 뉘면 무한대(∞)이니 88은 ∞∞이요, 888은 ∞∞∞일 것이라.

길 가다 본 「588」

돼지가 웃고 있는 간판, 갈빗집이더라. 「588」은 청량리 사창가의 별칭 아닌가. 돼지갈비 파는 집에 홍등을 달리는 없고, 알고 보니 시내버스 종점(출발점이기도)이더라. 지금은 604번, 예전엔 588번이었더라. 오호라, 무거운 '종점갈비'보다 「588」은 얼마나 가뿐하단 말인가. 588번 버스는 1973년 5월 어린이대공원이 개장되면서 생긴 노선으로 서울역-어린이대공원을 운행했는데, 88번 시내(남성동-중곡동) 버스노선을 변경한 것이었다(88번 버스노선은 팔팔하지 못했다). 588번 시내버스는 여러 차례 노선변경을 거쳐 지금은 폐선(廢線)되었다. 그런데 서울에서 사라진 버스번호를 인천에 가면 볼 수 있는데 청천동 - 서운동을 운행하는 버스가 바로 588번이다. 같은 번호로 다른

시간 공간을 오간다. 다른 길에 다른 사람들, 숫자엔 경우마다 다른
사연이 새겨진다. 다르고 다른 숫자. 오~! 88이여!

OPEN

&

CLOSE

어느 가게 문(문이 하나일 때 보통 출입(出入)문으로 부르는데 사실은
입출(入出)문 아닌가)에 열고 닫는 시각을 알리는 표식을 본다. 오전에
열고 오후에 닫는 가게가 많은데 여기는 거꾸로다.

「OPEN PM 0:00, CLOSE AM 0:00」

닫고 열고, 오전 오후. 무엇이 먼저인가. 쇠(鐵)로 만든 자물통의 몸통은
잠근다고 자물쇠, 여는 꼬챙이는 연다고 열쇠. 잠근 다음 열고, 연 다음
다시 잠근다. 열어 둘 곳이라면 필요 없는 것이 자물통, 지켜야 할
것(곳)에만 소용하니 잠그는 것이 먼저다.

산에 들어가지 말라는 '입산금지'는 명쾌하다. 안 들어가면 나올 일이
없으니. 그런데 '잔디밭 출입금지'는 나오지도 들어가지도 말라는
말이니 섞갈린다. 들어가지 않았는데 누가 나오며, 모르고 들어갔어도
나오지 말라는 말, '출입금지'는 '입출금지'가 맞지 않을까.

나들목은 자동차가 '나가고 드는 길목'인데, 무슨 길이든 들어가야
나오지, 아니 들어갔는데 무엇이 어떻게 나올까(들어가지 않고 나오는
경우는 길 위에서 만들어진 자동차 아니면 길 위에서 누군가 생겨났거나).
경우만 보면 나들목이 아니라 들나목이 맞지.

열고 닫는 문이나 창을 여닫이라 한다. 먼저 열고 닫는 건 나중이라
여닫이다. 하지만 여닫이문·창을 만들 때는 닫(히)는 게 먼저고 여는
건 나중이다. 모든 문·창은 제대로 닫혀야 하기에 먼저 닫힌 상태를
확인(설치)하고 그 다음에 열리는 것을 시험한다(그것도 여러 번. 열린 채
안 닫히거나, 닫히고선 안 열리는 창·문은 얼마나 답답한가).

실내에서 밖의 풍경을 취하거나 빛을 들이기 위한 고정창은 열고 닫을
수가 없지. 고장 난 자물통처럼. 그래서 고정창을 낼 때는 마음으로 열고
닫게 궁리를 잘 해야지(건축가의 품격이 거기서 들어나지).

옳소

'사람은 죽어 이름을 남기고 호랑이는 가죽을 남긴다'지만 실제로
가죽을 가장 많이 남기는 동물은 소다. 소가죽은 각종 북을 만들 때
요긴하게 쓰인다.

북에 쓰이는 가죽으로…, 으뜸은 5년가량 된 황소의 등가죽이나
엉덩이가죽", "한국재래종 황소의 가죽은 두께가 두껍고(5㎜)
눈(털구멍)이 고르며 성질이 유연한 면에서 다른 나라 소와 비교할 때
북의 재료로는 단연 제일", "도살장에서 소가죽을 가져오면 피를 씻어낸
후 백회와 닭똥, 오줌을 섞은 횟물로 가죽의 안쪽을 문질러 기름기와
털을 빼낸" 후, "다시 물에 3일 정도 담가두면…", "북메우기에 가장
어려운 작업은 나무로 된 북통에 가죽을 메우는(입히는) 일로…, 북의
소리는 이때 결정이 난다. _고 윤덕진(북메우기 무형문화재/중요무형문화재
제63호)의 구술

죽은 소는 신비한 소리를 통해 환생한다.
《신편집성마의방》(1399)이라는 수의학 책에 한반도 토종 소에 관한
기록이 있다. 9종(불효두·상문·백우·처우·용문·일태황·호척·녹반우·황
우)의 특징을 그림과 함께 수록했다. 현재 한국엔 황소·칡소·흑소가
있다. 그 중 제주흑소는 천연기념물(제546호)이다.

아마 통영일 것이다. 「옳소」라는 고깃집 간판을 본 곳이. 정신이 퍼뜩
드는 옳소! 무슨 일이든 옳은 것은 좋은 일, 세상에 유익한 일이다.
옳소는 바르다·맞다의 맞장구 아닌가. 그러니 주인 맘(간판보다 더 큰
대박의 꿈)대로 건 간판이 아니라 누군가 뭔가의 질문에 손님이 답한
말이 옳소!다. 무엇을 물었을까. 자꾸 그 답이 입으로 먹는 소를 넘어
귀로 듣는 소리로 들린다. 세상에 점점 귀해지는 옳은 소리. 옳소!

옷의
생명은
세탁

옷의 생[

동네 세탁소 간판에 「옷의 생명은 세탁」이라 쓰여 있다. 과연 그런가. 옷의 생명은 디자인이라고 여기는 사람도, 편안함을 가장 중히 여길 사람도 있을 터. 유행이 지난 옷은 생명이 끝난 것이라 여기는 사람도 있지만 오래된 옷을 아껴 입는 사람도 있다. 같은 말을 두고 생각이 갈리면 그 말에 여러 갈래가 있다는 뜻이다. 사전을 본다.

생명: 1.사람이 살아서 숨 쉬고 활동할 수 있게 하는 힘. 2.여자의 자궁 속에 자리 잡아 앞으로 사람으로 태어날 존재. 3.동물과 식물의, 생물로서 살아 있게 하는 힘. 4.사물이 유지되는 일정한 기간. 5.사물이 존재할 수 있는 가장 중요한 요건을 비유적으로 이르는 말.

「옷의 생명은 세탁」에서 생명이란 옷이 '유지되는 일정한 기간'에서 세탁의 중요성과 옷이 '존재할 수 있는 가장 중요한 요건'으로서

세탁의 필요성을 말하고 있다. 두고 입는 옷을 세탁하는 것은 당연한데
그 당연함도 '생명'으로 물으니 새삼스럽다. 옷은 밥과 집과 함께
인간생활의 3요소 아니던가. 「옷의 생명은 세탁」이라지만 생각은
사람마다 다르지 않겠는가. 그렇다면 옷·밥·집의 생명에 대해 스스로
묻고 적어 보시라!

옷의 생명은 □ □
밥의 생명은 □ □
집의 생명은 □ □

계속해서 의미를 묻지 않으면 이윽고 묻히는 말이 바로 생명이다.
의미를 물을수록 계속해서 살아나는 말, 아, 존엄한 의식 바로 생명!

왕의
식탁

임금 후(后)·임금 주(主)·임금 군(君)·임금 제(帝)·임금 황(皇) 등은
왕을 뜻한다. 왕(王)이란 '하늘(一)과 땅(一)과 사람(一)을 두루 꿰뚫어(丨)
다스리는 지배자'를 뜻한 글자다. 하늘과 땅은 마음대로 지배할 수 없고
그 사이에 사는 사람은 마음대로 부릴(죽일, 살릴, 때릴, 가둘, 굶길, 가질,
놀릴, 괴롭힐…) 수 있는 게 왕이었다. 왕이 존재하던 시대는 암흑이었다.
가끔, 아주 드물게, '가뭄에 콩 나'는 것보다 더 드물게, 백성을 사랑한
왕이 있었다 전하고, 문화예술과 나라의 힘을 굳건히 한 왕이 있었다
해도, 사람 중에 왕이 따로 있다는 것은 울 수 없는 비극이요, 웃을 수
없는 희극이다. 어떻게 사람 위에 사람이 있을 수 있단 말인가(왕을
상상하는 것만으로도 나는 괴롭다). 그런데도 사람들은 왕이 좋은(되고
싶은) 모양이다. 왕은 못되어도 왕처럼 대접받고 싶고, 왕이 먹었던
음식을 먹고 싶은 모양이다(왕처럼 굴고 싶은 욕망은 왕이 아닌 자들이 품는
것이다).
조선시대 기록에 의하면, 세종은 육식을 즐겼는데 특히 영계백숙을
좋아했다. 연산군은 소고기와 사슴꼬리를 좋아했다. 광해군은 잡채를,
숙종은 오골계·흑염소·검은깨·검은콩을, 영조는 채식을 좋아해서
청포묵·미나리·숙주나물로 만든 탕평채를 즐기고, 정조는 고추장과
석류인삼물김치를 자주 들었다 한다. 철종은 메밀칼국수와 순무김치를,
고종은 설렁탕과 냉면을 즐기며 식혜와 커피를 즐겨 마셨다고 한다.

「왕의 식탁」이란 간판은 어딘가 수상하다. 왕의 끼니를 차리면 밥상이나 식탁이라 하지 않고 수라상(물 수:水 발랄할 랄:剌 평상 상:床)이라 한다. 혹 '식탁의 왕'을 바꾸어 쓴 것은 아닐까.

용은 상상의 존재, 실재하지 않는다. 실재하지 않으니 동물인지
식물인지 구분되지 않는다. 아니 구분할 수 없다. 하지만 동물로
이해한다. 그건 사람의 띠(12지)에 용이 들어 있는 이유가 크다. 그림
속의 용은 낙타 비슷한 머리에 사슴뿔을 달고, 눈은 토끼, 귀는 소를

닮고, 목덜미는 뱀, 큰 조개를 닮은 배는 잉어의 비늘로 덮이고, 매의
발톱과 호랑이 주먹을 갖고 있다. 입 주위엔 긴 수염, 턱 밑에는 밝은
구슬, 목 아래 비늘은 거꾸로 박히고, 머리 위엔 산봉우리 모양의 보물이
박혀 있다. 말하자면 좋고 멋진 것은 다 갖다 붙인 육·해·공군의 합체,
우주적 조합이다. 용의 우리말은 미르, 은하수는 미리내, '용이 사는 내'
즉 용은 은하수에 사니 과연 우주적 존재다. 그러니 용궁은 은하수일
터이다.
어느 동네를 지나다 다세대주택인「용궁주택」을 보았다. 용이 상상의
존재이니 용궁도 상상의 거처지만,「용궁주택」은 사람의 보금자리다.
깎아 붙인「용궁주택」에서 '주'자가 떨어져 나가 붓으로 다시 썼다. 쓰기
전에 벽에서 떨어진 '주'자를 찾아보았을 것이다. 누군가 치워버려 못
찾으니 한동안「용궁 택」으로 있었을 것이다. 같이 사는 여러 집 중에서
착하고 참을성 없는 누군가가 사다리와 붓을 준비하여 썼을 것이다.
어쩌는「용궁주택」이다…속으로 말하면서, 혹시 그 사람 용띠 아닐까
상상한다. 아, 그런데 말이다. 기계로 깎은 용··궁·택 글자보다 손으로
쓴 '주'자에서 훨씬 더 사람냄새가 풍긴다. 저 '주'자가 바로 용궁체
아닐까.

웃기는
짬뽕

'셋이 먹다(가) 둘이 죽어도 모른다'고 하면 아주 맛있다는 뜻이지만 무슨 맛인지는 모른다. '바로 이 맛이야', 맛이 '끝내줘요'로 유명한 조미료 광고도 그 맛이 어떤 맛인지 모르지만 사람들은 '묻지도 따지지도 않고' 따라서 먹는다(산다). 보는 것은 '제 눈에 안경'인데 먹는 것은 제 입 아닌 남의 입(맛 아닌 말)을 좇다니… ㅜㅜㅜ. 광고(소문)에 세뇌된 입맛은 참 씁쓸하다. 요즘 유행하는 소위 '먹방'은 시청자의 요구에 맞춘 듯하지만 실은 제작은 쉽게 제작비는 적게 하려는 방송사의 속셈(꿩 먹고 알 먹기)이 우선한다. 먹방에서 음식을 맛본 사람들은 흔히 "음~ 맛이 아주 담백해요", "국물 맛이 깔끔해요", "육수 맛이 진해요" 등의 평을 하는데 그건 맛을 몰라도 한참 모르는 말이다. 담백·깔끔·진하다는 어떤 존재의 성질이나 상태를 말하는 형용사일 뿐 맛이 아니다. 혀가 느끼는 맛은 단맛·짠맛·신맛·쓴맛·감칠맛, 다섯 가지뿐(매운맛은 통증, 떫은맛은 피부감각)이다. 요리를 평가하며 갖은 감각·미각을 동원해도 맛의 상태를 놓치고 모른다면 진정한 풍미가 아니다.

음식점마다 조리솜씨를 앞세우고 원조라고 내세우고, 가격이 싼 것, 양이 많은 것 별별 자랑을 다 한다. 인공조미료 넣지 않고, 지독하게 맵다고…, 별걸 다 내건다. 그걸 보면 음식 맛이 대충 짐작된다. 그런데…? 도저히 짐작 못할 간판(맛)을 만났다.

「웃기는 짬뽕」

맛있는 짬뽕, 잘 만든다는 말일 게다. 그런데 약간(많이) 불안하다. 만족하고 흡족해도 웃음이 나오지만 '어떤 일이나 모습 따위가 한심하고 기가 막'혀도 웃기기 때문이다(그곳을 지날 때 시장하지 않아서 「웃기는 짬뽕」을 먹어보지 못했다. 언제 다시 가보나. 혹시 '울리는 짬뽕'이면 어쩐다지).

行樂需及春
我歌月徘徊
我舞影零亂
醒時同交歡
醉後各分散
無情遊
邀雲漢

花間一壺酒

獨酌無相親

舉杯邀明月

對影成三人

月既不解飲

影徒隨我身

어느 중국집에서 정성들여 돈을새김한 옛 시(이백의 달밤에 홀로 술
마시며(月下獨酌) 첫 번째 시)를 만난다. 흰 벽 위에 하얀 글자가 희미한
그림자를 드리운다. 보기만 하면 단순한 벽의 문자장식이지만 읽으면
건축 속의 문학이다.

꽃 사이에 술 한 병 놓고 / 같이 마실 사람 없어 홀로 마신다 / 잔을 들고
밝은 달 맞으니 / 나와 내 그림자에 달까지 셋이 되었네 / 달은 원래
술 마실 줄을 모르고 / 그림자는 그저 나만 따라할 뿐이라 / 아쉽지만
그래도 달과 그림자를 벗하여 / 봄날을 즐겁게 누려야지 / 내가
노래하면 달은 서성거리고 / 내가 춤을 추면 내 그림자도 따라 춤추네
/ 취하기 전엔 함께 즐기다가 / 취한 뒤에는 각기 흩어지네 / 얽매이지
않는 정을 오래 간직해 / 아득한 은하에서 저 달과 다시 만나리.

꽃그늘 아래 달을 벗 삼아 술 마시는 것은 대단한 고취지만 너나할 것
없이 잃고 잊은 지 오래다. 계절이 갖는 시간감각은 인테리어 분위기로
'대체'되고, 잴 수 없는 달빛의 신비함은 고정된 전등으로 대체되었다.
백남준은 '달은 가장 오래된 TV'라고 하며 '현대인에게 달은 TV'라고
말했다. 달이 TV로 대체된 시대, 현대인에게 달이 잊히고 있다. 그럼,
술을 즐기지 않는 사람은 무엇으로 술을 대체할까. 달빛 아래 홀로
산책하는 이도 있을 것이요, 달빛 아래 홀로 화장하는 여인도 있을
것이다. 달빛 아래 목욕하는 이도 있을 것이요, 달빛 아래 책을 읽는
이도 있을 것이다. 달빛 아래 홀로 하는 일은 다 아름다워 보이는데,
아…! 아니다. 달빛 아래 홀로 담을 넘는 이는 매우 긴장하고 있을
것이며, 달빛 아래 홀로 누군가를 기다리는 사람은 무척 외로울 것이다.
그림자가 같이 있다 하여도.

위험합니다

들어가지
마세요

어느 공사장에서 보았다.

「위험합니다! 들어가지 마세요!」

가만히 생각하니 위험한 곳이 공사장만이 아니더라.

몸의 안전도 중하지만 마음의 위험도 꼭 피할 일이더라.

한두 군데 아니고 여기저기 써 붙일 곳이 널려 있더라.

장난이 심하다고 말 못하는 아이를 때렸다는 어린이집에도,

「위험합니다! 들어가지 마세요!」

유기농 원자재만 쓴다 하면서 싸구려 재료 쓰는 식당 앞에도,

「위험합니다! 들어가지 마세요!」

성수기에 바가지 씌우는 관광지 식당과 숙박시설 앞에도,

「위험합니다! 들어가지 마세요!」

내용과 관계없는 장식으로 눈속임하는 모델하우스 앞에도,

「위험합니다! 들어가지 마세요!」

불나면 비상문이 열리지 않는 노래방이나 댄스클럽 앞에도,

「위험합니다! 들어가지 마세요!」

믿음을 빙자하여 감언이설로 축재, 상속하는 교회 앞에도,

「위험합니다! 들어가지 마세요!」

교육·학문에는 관심 없고 돈만 빼돌리는 썩은 대학 앞에도,

「위험합니다! 들어가지 마세요!」

말로는 서민을 위한다면서 부자 편만 드는 정당 앞에도,

「위험합니다! 들어가지 마세요!」

이곳저곳 사방팔방 이리저리 꼭꼭 붙일 곳이 널려 있더라.

아름답고! 편리

유리

유리
구두

신발

가고! 간편한!

구두

백화점

신발백화점

매월 둘째 · 넷째

내용이 좋으면서 겉모양도 반반함을 비유적으로 이르는 속담은 '보기 좋은 떡이 먹기도 좋다'인데, 반대로 겉모양은 좋으면서 그 내용이 별로 좋지 못함을 '보기 좋은 음식 별 수 없다'고 한다. 위의 상반된 속담으로 보아 옛부터 보(이)는 꼴(형식)과 안 보이는 속(내용)을 판단할 때 그 결과가 언제나 같지 않았음을 짐작할 수 있다. 여기서 문제는 '보기 좋은' 겉모습에 있다. '본다'는 것은 믿을 수 있는 방법이지만 속을 수 있는 위험이 동시에 있다. 그 이유는 '본다'는 것의 한계가 안 보이는 것은 보지 못하고 보이는 것만 '본다'는 데 있기 때문이다.

어느 신발가게에서 「아름답고! 편리하고! 간편한!」 구두를 판다. 과연 느낌표를 붙일 만한 신발이다. 간편하고 편리하고 아름다운 신발은 마치 '입속의 혀처럼' 발과 하나 되어 얼마나 편안하단 말인가. 그런 신발을 신으면 걸음걸이가 바로 춤사위가 된다. 그런데 뭔가 이상하다.

「유리구두」라니…. 분명 신데렐라의 '유리구두'에서 연유한 작명일 것이다(신데렐라의 유리구두 이야기는 얼마나 환상적인가). 그런데 동화의 설정을 지우고 구두를 생각하면 이야기가 달라진다. 유리는 신발을 만들기에 적정한 재료가 아니다. 유리는 깨지기 쉽고, 휘어지지 않으며 신축성이 전혀 없다. 무엇보다 유리는 무겁고(유리가 가볍다는 느낌은 투명성이 주는 오해다. 유리는 돌처럼 무겁다) 위험해서(「유리구두」를 신고 첫걸음을 떼는 순간 깨진 유리파편에 찢긴 발에서 선혈이 낭자해짐을 상상하기만 해도 끔찍하다) 신발을 만드는 재료로 아주 부적합하다. 유리를 깨지지 않게 만들면 되지 않을까. 강화유리로 구두를 만들면 깨지지는 않지만 신고 걸을 수가 없으니 문제는 여전하다. '보기 좋은' 구두, 발만 아프다.

의료 민영화
반대합니다

여러 가지 이유로 거리에 걸린 현수막 중에는 왜 걸었을까 할 정도로 형식적인 것이 많다. 관공서에서 주최하는 행사의 알림이나 사회적 홍보를 위한 현수막은 건조무미하여 느낌이 없고 기억에도 남질 않는다. 그에 비해 광고용 현수막은 지나치게 상업적 욕심을 드러내고, 선거철에 보이는 정치적 현수막은 한철 메뚜기 뛰듯 공격·선동적이다. 현수막에 쓰이는 표현은 날이 갈수록 과장·과욕·과잉으로 치닫는다. 튀든 튀고 자극적이고 눈에 띄어야 하는 이 시절의 현수막은 어떻게든 돋보이려 안간힘을 쓴다. 현수막은 어떤 목적·용도라도 한시적으로 걸리기에 잘 보이는 위치를 고르고, 눈길을 잡는 디자인(형태·글꼴·색상… 등)에 신경을 쓴다. 현수막이 대체로 조악·조잡스러운 것은 대부분 급하게 만들어 거는데다 비싼 돈을 들이지 않기 때문이다. '싼 것이 비지떡'이 아니라 싼 것이 현수막이다. 그래서 대부분의 현수막은 거리풍경을 흉하게 만든다. 아름다운 현수막을 보는 것은 참 드문 일이다. 어쨌든 현수막의 본질은 호소력과 전달력에 있다. 호소력과 전달력은 말하는 이의 기대가 아니라 보(듣)는 이의 공감이 핵심이다. 아무리 중요한 쟁점·주장·내용이라도 현수막에다 적을 수는 없어 핵심만을 써야 하니 쉬운 일이 아니다.

간결·명쾌한 현수막을 보았다. 눈높이에 맞추어 읽(보)기 편하고, 크지 않게 건물 벽에 붙이니 거리의 미관을 해치지 않는다. 주장이 명확하고 과장이 없다. 문장만큼 색상도 단순하다. 이런 현수막이 좋더라! 차분해서 좋더라!

「의료 민영화 반대합니다!」

식당에서 일하는 여성들을 '이모'라고 부른다(고모라는 소리는 듣지
못했다). 이모는 친근하고 푸근하다. 이모(姨母)를 살펴보다 열
어머니(十母)를 만난다.

자기를 낳은 어머니:(親母)친모

아버지에게 쫓겨나간 어머니:(出母)출모

개가한 어머니:(嫁母)가모

아버지의 첩:(庶母)서모

서자가 아버지의 정실을 이르는 말:(嫡母)적모

아버지가 재혼해서 생긴 어머니:(繼母)계모

어머니를 여읜 뒤 자신을 길러준 서모:(慈母)자모

양아들이 됨으로써 생긴 어머니:(養母)양모

남의 아이에게 그 어머니 대신 젖을 먹여 주는 여자:(乳母)유모

아버지와 같은 항렬이 되는 당내친의 아내:(諸母)제모

이모를 생각하면 언제나 아련한 정이 솟는다. 왜 그럴까. 어머니나 이모
모두 친정을 떠난(떠날) 존재. 어딘가를(로) 떠난(떠날) 사람은 그리움이
뭔지 아는 법이지.
외로움을 알지.
사랑을 알지.
그러니 이쁠 수밖에.

24시간
열쇠점

산부인과 분만실, 응급실, 장례식장의 공통점은 24시간 열려 있다는 점이다. 언제 무슨 일이 생길 줄 모르니 준비하고 대기하는 것만이 상책인 곳이다. 분만실의 신생아 울음소리(출생)와 장례식장의 암연한 침묵(죽음) 사이의 시·공간에 응급실의 신음(삶)이 있다. 출생 – 사고 – 죽음은 그 누구도 벗어날 수 없는 인생의 사이클, 그 순환의 주기 속에 세상이 돌아가고 사람이 숨 쉰다. 24시간 지속되어야 하는 것이 숨이요 삶이다.

편의점은 24시간 내내 영업 중이고, PC방도 24시간 문을 연다. 24시간 찜질방도 있다. 24시간 영업하는 음식점은 의외로 많다. 설렁탕·선지해장국· 콩나물국밥·감자탕 등을 파는

식당인데 한꺼번에 많은 양의 식재료를 써서 조리해야 맛이 나는 음식이라는 공통점이 있다. 24시간을 여는 주유소는 도시의 유정(油井)이고, 숙박시설(호텔·여관·여인숙)도 24시간 문을 닫지 않는다. 업종 불문하고 24시간 문을 여는 곳은 일 년 내내 문을 닫지 않는다. 말하자면 연중무휴. 무휴…? 쉬지 않음! 쉬지 않음이란 얼마나 힘든 일인가(아무리 돈을 많이 번다해도).

대다수 업종(24시간을 열어도 벌이에 큰 도움이 안 되는)은 아침에 열고 밤에 닫거나, 저녁에 열고 오밤중에 닫는다(새벽에 열고 낮에 닫는 업종도 있다). 그래도 손님들이 불평하지 않는다. '엿장수 마음대로' 해도 누가 뭐랄 수 없다.

어느 골목길에서 어슬렁거리다 보았다.

「열쇠점 24시간」

열리지 않는 문은 벽보다 답답하고, 열지 못하는 문은 철판보다 더 무거운 법. 귀찮은데도 24시간 영업하는 열쇠가게 주인은 천사의 마음을 지녔으리라. 답답한 마음을 풀어주는 게 바로 천사다. 돈 받고 일을 해도 복 받을 게다.

인생은
맵다

'사람이 태어나 이 세상을 살아가는 일 또는 그동안'이 인생이다. '이 세상'이라는 장소에서 '살아가는 동안' 행하고 겪는 '일'이 인생의 핵심이다. 이 세상엔 어떻게 오는가(아무도 스스로 원해서 이 세상에 온 인간은 없다). '금수저'를 물고 태어나 '흙수저'로 죽는 이도 있고, 죽을 때까지 '금수저'로 살아서 '흙수저'를 이해조차 못하는 이도 있다. 대부분의 사람들은 '흙수저'로 태어나 '금수저'의 꿈을 이루지 못하는 '개, 돼지'로 인생을 마친다(가끔 '흙수저'로 태어나 '금수저'의 꿈을 이룬 경우를 '개천에서 용 났다'고 한다).

저마다 겪는 일은 어떤가. '하면 된다'는 신념으로 자수성가한(악착같이 돈을 모아 '티끌 모아 태산'을 이룬 부자, '칠전팔기'의 피나는 노력으로 일가를 이룬 사람, '불가능은 없다'는 격언을 좌우명으로 노력하여 성공한 경우…) 사람을 보기도 하지만 대부분은 자신이 처한 환경에서 가능한(본인은 최대한이라고 생각하는) 노력을 하고 기대보다 미흡한 결과를 얻는다 (가능한 노력에 기대를 이루면 행운이라고 말한다). 한마디로 인생의 일이란 원하는 대로 풀리지 않는다(원하는 대로 풀리면 그것도 행운이다). 그러다보니 세상에는 성공보다 실패, 합격보다 불합격, 도전보다 좌절, 희망보다 절망, 창업·개업보다 폐업, 성장보다 부진이 다반사, 그래서 부자보다 가난뱅이가 많다. 부자는 이유가 많고 가난은 비유가 많다. '인생은 달다'며 웃는 이가 있고 '인생은 쓰다'며 찡그리는 사람도 있다. '인생은 짜다'는 사람도 있다. 시기도 하고 떫기도 한 것이 인생, 인생에 어디 정해진 맛이 있겠는가.

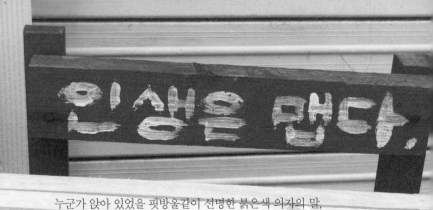

누군가 앉아 있었을 핏방울같이 선명한 붉은색 의자의 말,

「인생은 맵다」

매운 맛은 통증으로 느끼는 고통의 미각이다. 「인생은 맵다」는 '인생은
고통의 바다(苦海)'와 같은 말. 푸른바다를 앉아서 건너보라고 유혹하는
망가진 붉은 의자의 말, 혼자서 들었다.

일등복권방

어느 수도자에게서 들은 우스개 소리. 천주신앙을 지닌 어떤 사람이
하는 사업마다 재미를 보지 못했다. 사는 것이 피곤하고 힘들었다. 삶에
지칠 때마다 기도를 드렸다. 그래도 사업은 지지부진 희망이 보이지
않았다. '하느님, 저는 왜 이렇게 되는 일이 없습니까, 좀 도와주십시오.'
어느 날 기도 속에 하느님의 응답을 들었다. "사랑하는 아들아! 네가
하는 일은 열심인데 성공하지 못하니 안타깝구나. 내가 도와줄 방법이
마땅치 않구나. 어떻게 복권이라도 사야 방법이 생기지 않겠느냐."
그 후 그가 로또를 샀는지 안 샀는지는 듣(묻)지 못했다.

복권 1등 당첨자 가운데 꿈을 꾸고 복권을 샀다는 이가 많다. 조상을
만난 꿈이 가장 많고, 그 다음엔 동물(돼지), 금이나 돈 등의 재물,
유명인이 자기 집을 방문하거나 대통령을 만나는(악수하고 명함을 받거나
술을 받아 마시거나) 꿈, 용을 타고 승천하는 꿈, 귀인이 나타나 구체적
숫자를 알려주는 꿈… 등이라고 한다. 그 꿈은 한결 같이 현실처럼
생생했다는 것이 공통점이다. 반대로 아무런 꿈도 꾸지 않았다는
경우가 절반 이상이라고 한다. 그동안 각종 복권에서 1등 또는 2등에
당첨된 이들은 수천 수만 명인데 주변에서 보기 어려운 것은 당첨
사실을 발설치 않기 때문이다. 실제로 배우자(연인)에게만 알리거나
혼자만의 비밀로 하는 경우가 대부분이라고 한다.

로또(6/45) 1등에 당첨될 확률은 814만 5060분의 1이라고 한다. 벼락에
맞아 죽을 확률보다 더 희박하다. 대부분 '혹시나' 기대하지만 '역시나'
꽝, 말하자면 꼴등이다. 그래도 창피해하거나 좌절 또는 분노하지
않는다. 기대하면서 기대하지 않고, 기대하지 않으면서 기대하는 역설의
꿈을 돈 주고 사고 또 버린다.

일 심

心

요즘에야 문신하는 이가 많지만 지금 대학생이 유치원 다니던 시절만
해도 문신은 깍두기(?)들이나 하는 것으로 여겼다. 심지어 예전에는
심한 문신이 있으면 징병검사에서 불합격 판정을 내리기도 했다. 그런
시절 어느 날, 동네 목욕탕에서 팔뚝에 한자 문신을 새긴 청년을 보았다.
뜨거운 증기가 솟는 열탕에서 몸을 담그고 연신 "아~ 시원하다!"를
외치며 두 손으로 뜨거운 물을 머리에 끼얹는 모습이 호기로웠다.
팔뚝에 새겨진 짙은 파란색 글자가 뿌연 증기 사이로 춤추고 있었다.
흔들리는 글자를 위에서 아래로 한 자씩 읽으니,

~ ~ ~ ~ ~ ~ ~ 一 ~ ~ ~ ~ ~ ~ ~

~ ~ ~ ~ ~ ~ ~ 片 ~ ~ ~ ~ ~ ~ ~

~ ~ ~ ~ ~ ~ ~ 丹 ~ ~ ~ ~ ~ ~ ~

아, 더 이상 없었다. 짐작할 수밖에. 저 팔뚝에 새겨진 글자는 분명
일편단심(一片丹心)일 것이다. 깍두기(?)들은 얼마나 일편단심을
좋아하는가. 그런데 심(心)자는 왜 안 보이는가. 어디로 갔는가.
마음(心)이여!
궁금해서 물었다. "일편단(一片丹)이 무슨 말이요?" 청년의 답 "아…
예! 일편단심을 새기려고 했는데 찌르는 바늘이 너무 아파서 참지
못하고 중간에 그만 뒀습니다. 그래서 마음 심 자가 없습니다." 참으로
솔직한 깍두기(?) 청년, 지금쯤 마음 심 자 새겨 넣었을까나. 그 후로
「일심(一心)」만 보면 '일편단(一片丹)'이 떠오른다. 그러고 보니 그 시절
유행하던 문신은 '一心'이었다. 아마 단어가 짧고 획수가 적은 이유가
컸으리라.

일심
식당

사람이 만든 사물은 바람이 닿을수록 낡아지지만 하늘은 바람이
스칠수록 새로운 풍경을 일구어낸다. 사람들은 흔히 무심한 하늘이라
말하는데 무심은 얼마나 그윽한 지경인가. 그릇이라면 비우고 비우고
또 비워서 채울 틈 없는 크기이니 얼마나 넓고 깊은 경지란 말인가.
하늘의 표정은 시시각각 변화무쌍, 인간의 짐작 범주를 넘는다. 짐작
못할 경지는 그저 무심하게 보이는 법, 오죽하면 운출무심(雲出無心)을
꿈꾸는 이가 있겠는가. 쉬워 보여도 어렵고 어렵다 짐작되면 더 어려운
것이 무심의 경지려니. 무심의 불가함을 깨친 이가 먹는 게 단단한
결사요 일심(一心)이다. 딱 한 가지 마음이라니 지독하고 힘들기가
무심에 못지않다. 불교에서는 '만유의
실체라고 하는 참마음'을
말하니, 일심이란 참으로
무겁고 귀하고 빛나는
큰말(마음)이다. 세상
살면서 지키고 행하기
어려운 결심이 바로
일심이다.

시속에서 떠올리는 일심 중에 가장 낯익은 말은 일심동체(一心同體)다.
한 마음에 한 몸. 결혼식 주례사에서 빠지지 않는 말이 부부는
일심동체라. 하지만 서로 좋아 약속하는 혼인에서도 지키기 어려운
것이 일심동체이니 말은 쉬워도 마음은 몹시 어려운 것이다.
일심동체를 이체동심(異體同心)라고도 한다. 몸은 달라도 마음은 하나.
이때의 동심은 일심을 말함이니 역시 어려운 숙제.
「일심식당」을 만났다. 혹시 일심(日深) 또는 일심(一審)인가 아니면
일심(日甚). 그렇게 맘속으로 글자를 굴리다가 식당 이름으론 역시
일심(一心)이다. 온 맘 쏟은 밥을 먹으면 온몸에 피가 돈다. 어머니가
자식에게 – 자식이 어머니에게 – 지어주는 밥이 바로 일심이다.

자!
오늘
여기서

자!오늘여기

나를
찾고
싶다

나를 찾고 싶다.

고불총림 백양사에 가면 화두 '이 뭣고'를 새긴 석비(石碑)가 있다.

'이 뭣고'는 '부모미생전 본래면목 시심마(父母未生前 本來面目 是甚麼)'로 '부모에게서 태어나기 전에 나의 참모습은 무엇인가'를 묻는 것이다. 불가에선 참나(眞我)를 찾으면 생사를 해탈한다고 한다. 과연 인간에게 '나란 무엇인가.' 진정한 자아를 찾은 인간은 얼마나 자유로울까. 그 경지가 바로 무아지경(無我之境), 스스로를 잊는 경지다. 나(사심)를 버리는 것이 바로 나(자아)를 찾는 길이다. 불가에서만 그리 말하는 것이 아니다. 스스로 나에게 나를 묻는 것, 그것이 철학의 출발이며 자각의 시작인데 마음먹기는 쉽지만 깨치기 어렵고, 제대로 찾았는지 확인하고 행하기는 더욱 어렵다. 세상이 어지럽고 살기 어렵다는 말은 사회와 개인이 다 같이 동의하고 수긍하는 철학이 없다는 말에 다름 아니다. 철학이 없으니 변덕스러우며, 불안하고, 흔들리는 데 개인과 세상의 구분이 없다. 개인이 흔들리니 세상이 혼탁하고, 세상이 흔들리니

개인이 불안하다. 언뜻 '나란 무엇인가'를 묻는 일이 개인적인 공부와
이해범위에 국한되는 일 같지만 넓게 보면 '나'를 묻는 일이야말로
'세상(공동체)은 무엇인가'를 묻는 진지한 일이다. 이 세상에서
무서운(무지한) 말 – 행동보다 더 무서운 – 중에 하나가 '철학이 밥 먹여
주나'다. 철학이 밥을 주지 않아서 소용·필요 없다면 밥만 있으면 되는
개·돼지와 사람은 무엇이 다르단 말인가. 밥보다 중요한 것을 찾고
따지고 살피는 것(일)이 사람(철학)인데 그것을 밥에 비유하다니…. 아마
그리 말하는 이의 의식 속에는 오로지 밥(돈)이 자신의 주인으로 자리할
것이다. 과연 주인으로서의 나는 어디에 있는가.
어느 미장원에서 철학적 간판을 보았다. 시간/시대 – 오늘, 장소 – 지금
여기, 인식주체 – 나. 아, 이 명징!

「자! 오늘 여기서 나를 찾고 싶다」

자전거주차장

자 전 거 주 차 장
自 轉 車 駐 車 場
　거　　　　차

자전거(自轉車)　電動車(전동차)
인력거(人力車)　自動車(자동차)
사륜거(四輪車)　牛馬車(우마차)
　거　　　　　　　차

같은 글자를 달리 읽는 이유는 펄펄 날리는 눈처럼 분분.
어지러운 말들은 다양하고 재미있게 즐기는 것이 상책.
자동차·열차·기차·냉동차 등은 동력장치를 이용하고 우마차는 소나
말이 끈다. 즉 사람이 땀을 흘리지 않고 기계적 힘을 이용하는 것은
수레 차(車)를 쓰고, 자전거·인력거·사륜거 등은 사람이 직접 힘을
쓰면 수레 거(車)로 쓴다. 바퀴를 굴리는 힘이 어디서 나오는지를 근거로
한다. 그럼 '노자', '차비', '교통비'를 뜻하는 거마비(車馬費)는 거(車)로
말하니 거마비를 받으면 자동차를 타지 않고 걸어서 오고가라는 뜻이
아닐까. 정거장(停車場)의 거(車)와 주차장(駐車場)의 차(車)는 왜 다를까.
혹, 구르던 바퀴가 잠시 쉬면 거(車)이고, 오래 멈추면 차(車)일까.
「자전거주차장」을 보았다. 달릴 때는 거(車)가 되고, 세울 때는 차(車)로
변하는 야누스 글자. 자전거를 세우는 곳은 주차장 아닌 **주거장**이
아닌가.

잘
가르치는
것이
답이다

잘

가르치는것이

답이다

경지에 이른 노자는 '배움이 없으면 걱정이 없다(絶學无憂)'고 하지만, 사람들은 없던 걱정이 생긴다 해도 배우려 하고 더 못 배움을 탓한다. 학문·기능·기술·기예를 혼자 터득하는 이도 있지만 그건 무지렁이 많던 시절에나 있던 얘기. 스펙이 만능인 이 시대에 스스로 터득한다는 것은 난감한 일. 무슨 일이든 배우려면 이미 알고 있는 선생·선배에게 배워야 한다. 먼저 살았(태어났·배웠·알았)다고 선(先)생·선배는 앞이고, 배우는 이는 후(後)학·후배 즉 뒤다. 그런데 실은 가르침과 배움에 앞과 뒤를 가름은 모호하다. 모를 때는 먼저 배운 이가 선배지만 배운 이후에는 더 넓고 깊게 살피는 이가 선배다. 거기서 그치지 않고 '배워서 남 주자'를 실천하는 사람이 진정한 선생·선배다.

입시학원 유리창에 쓰여 있더라.　　　　　「잘
　　　　　　　　　　　　　　　가르치는 것이
문제) ………?　　　　　　　　　답이다」
답) 잘 가르치는 것.

궁금하다. '잘 가르치는 것이 답'인 문제는 무엇일까.
'알아맞혀 보세요'는 자주 접하니 다들, 문제를 내보세요!

저런 게 하나
있음으로
해서

필요에 의한 것으로만 구성된 세상은 상상만 해도 끔찍하다. 필요한
말만 하는 대화를 생각하면 얼마나 무미건조한가. 그것은 대화가
아니라 일방적 명령, 지시, 통보 아닌가. 싸움판의 주먹질로 보면 춤추는
손놀림은 얼마나 쓸데없는가. 절대적으로 필요한 영양소만 섭취하는
식단은 생각만 해도 입맛이 떨어진다. 작품 한 점이 걸린 흰 벽면은
그림 같아 보기 좋지만 모든 벽이 그리 되어 있으면 살림을 하기에는
적당치 않다. 반드시 필요한 것만 갖추고 기능을 발휘하는 공간은
병원의 수술실이다. 수술실에서는 살림을 하지 않는다(할 수 없다).
병원의 입원실을 생각해보라. 하루만 입원해도 얼마나 많은 잔살림이
늘어나는지. 기능적 필요성으로만 구성된 것은 기계이며 필요와
필요만을 잇는 선은 직선이다. 장난감은 기계지만 작동을 방해하지
않는 장식으로 형태를 구성하고, 필요한 길을 내더라도 환경과 생태를
우선하면 곡선의 길이 자연스럽다(예전에 강원도 어느 개천을 수로정비
한답시고 직선으로 만들었는데 큰 장마가 와서 다 쓸려나갔다. 어르신들이
말했다. 예전 물길이 그대로 다시 생겼네). 직선예찬의 시대, 물길마저
모두 직선으로 만든다면 끔찍한 일이다. 어디 직선만 쓸모가 있는가.
까닭 있는 곡선은 얼마나 많은가. 장자는 "사람은 모두 유용(有用)의
용(用)만을 알고 무용(無用)의 용을 모른다."고 말한다. 버스정류장에
새겨놓은 시를 읽는다.「저런 게 하나 있음으로 해서」
'에돌아가는 새로운 물길 하나' 생겨 '새로운 세상이 열리는 거지.'

저런 게 하나 있음으로 해서

정 세 훈

저런 게 하나 있음으로 해서
새로운 세상이 열리는 거지

아무 쓸모없는 듯
강폭 한가운데에
버티고 선
작은 돌섬 하나

있음으로 해서,

에돌아가는
새로운 물길 하나 생겨난 거지

(군대 가기 전에)
전쟁나라1

나는 군대 가는 것이
싫었다. 내 아들도 싫었을
것이다. 내 친구도 군대
가는 것을 싫어했다. 내
친구의 아들도 싫어했다. 하지만
갔다 왔다(국민의 4대 의무 중
하나이므로…, 의무의 반대말은
권리. 군대에 가는 것을 국방의
의무 아닌 권리로 기꺼이
받아들이는 사람은 몇이나
될까).
어느 날, 흐릿한 주점에서 참으로
우울한 낙서를 보았다(말과 그림이
다 암울한데 장난 글씨를 남긴 사람의
마음은 우울을 한참 지나 침울할
것이다).

「15. 06. 23
전에 전쟁나라!!」

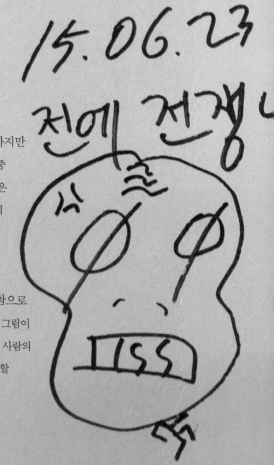

낙서를 남긴 사람은 안 봐도 비디오, 입대를 앞둔 청년이다.
달력을 찾아보니 2015년 6월 23일은 화요일.
화요일 입대라면 육군훈련소(논산훈련소는
월요일) 아닌 보충대로 가는 것이다.
하지만 어디로 가는 것보다 언제
가는지가 중요하다. 특히 군대
가기를 주저하는 마음에는 그
날이 바로 지옥이다. 입대하는
심정(한 단어로 표현이 안 되는)을
노래한 '입영전야', '입영열차
안에서', '이등병의 편지' 등은 모두
익숙한 일상과의 헤어짐과 낯선 시간에
대한 어색함(두려움일수도)을 바탕에 깔고,
후회·안타까움·위안·각오 등을 담고 있다. 아마
입대 「전에 전쟁나라!!」고 외치는 저 청년도 친구들과
송별주를 마셨을 것이다.
입대 전에 전쟁이 나면 과연 입영 대상자는 군대에 안 가게
될까. 아니다. 전쟁이 나면 병력이 더 필요하므로 당연히 징집되어
훈련받고 전선에 투입되는 것은 그야말로 상식이다. 군대 가기
그렇게 싫으면(싫은 마음 이해하지) 술 깨고 맨 정신에 낙서를
고쳐야 한다.

「15. 06. 23
전에 통일되라!!」

(군대 가기 전에)
전쟁나라2

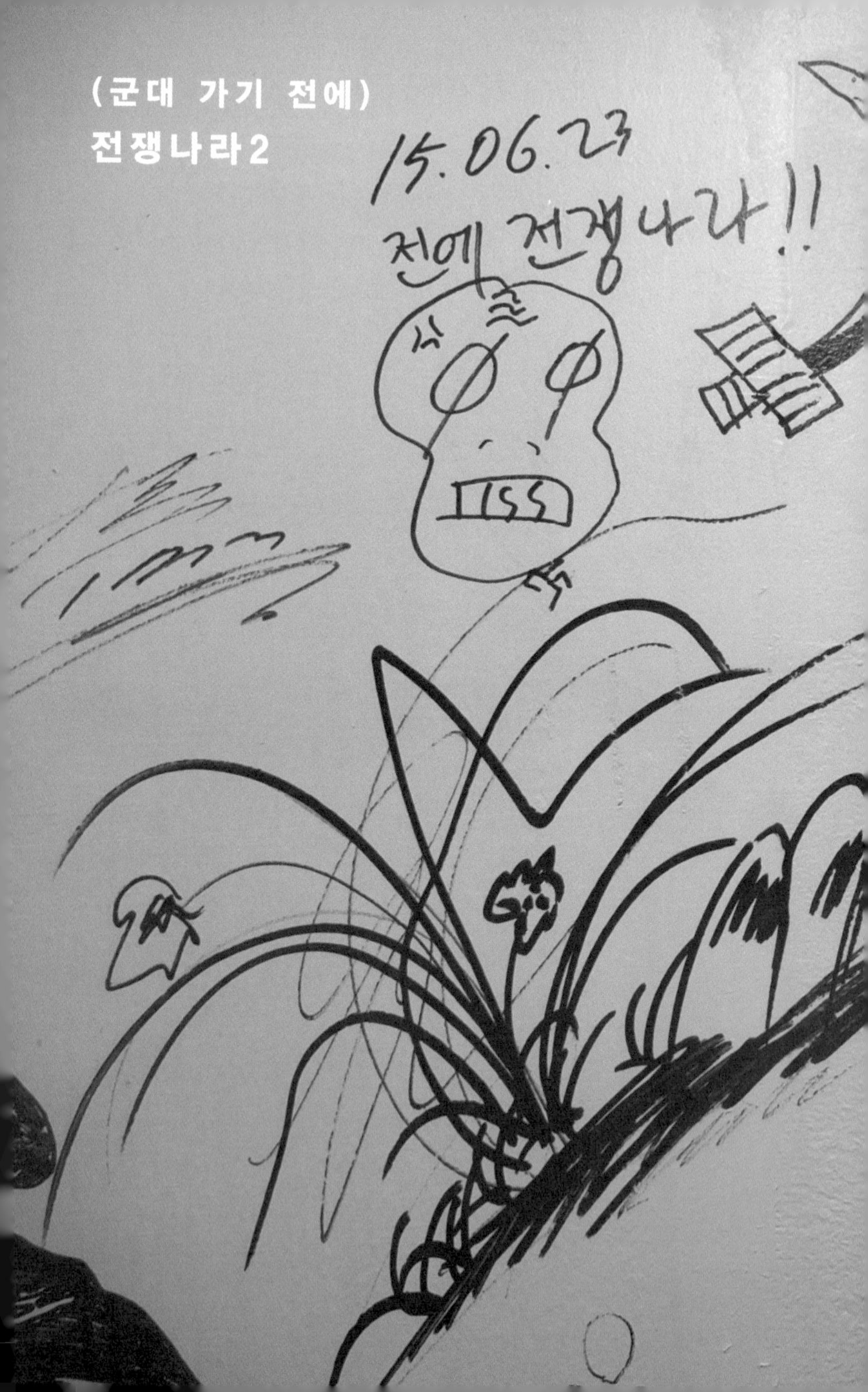

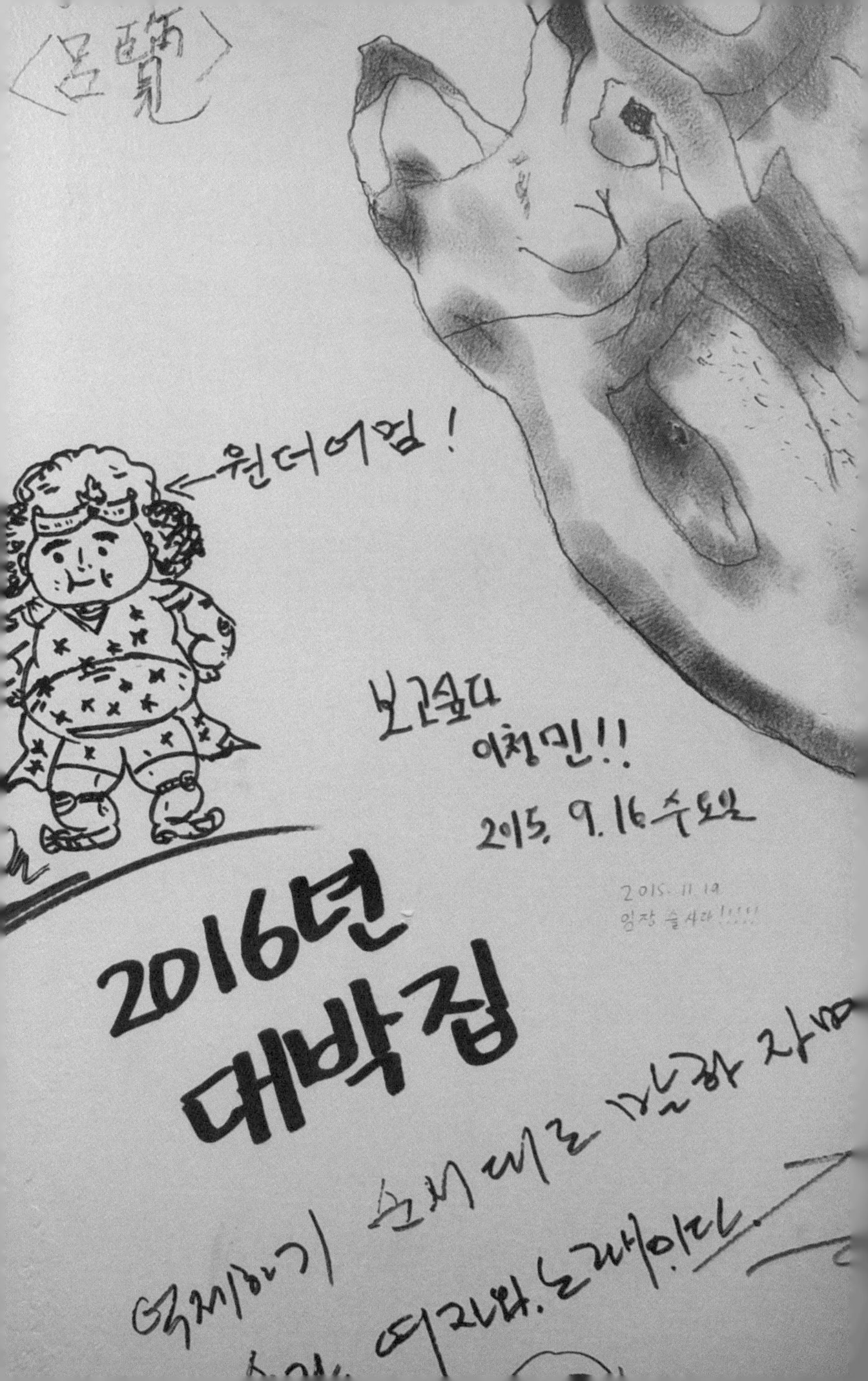
원더어멈 !
보고싶다
이청민!!
2015. 9. 16 수요일
2016년
대박집

「15. 6. 23. 전에 전쟁나라!!」던 청년의 마음과 달리 전쟁은 나지 않았고, 그의 낙서는 늘어나는 낙서들로 빛이 바랬다. 앞으로 더 바랠 것이다. (궁금하여 술집주인에게 물으니) 입대하여 군대생활 잘하고 있고, 얼마 전에 휴가 나와서 들렀는데 입대 전에 사귀던 여자친구와는 헤어졌다고, 이유는 여자친구에게 다른 남자가 생겼다고…. 단골술집을 드나들면 술값은 빼주지 않더라도 시시콜콜한 이야기를 덤으로 듣는다. 얼굴도 모르는 청년이지만 제대하는 날까지 군대생활 잘하기를 마음속으로 빌며, 군인만 전쟁을 하는가, 제대하면 전쟁의 공포에서 벗어나는가, 총으로 싸우는 것만이 전쟁인가, 전쟁에선 이기기 위해 싸우는가, 살기 위해 싸우는가… 등 머리가 복잡해진다.

나는 무력을 사용하는 모든 전쟁에 반대한다. 평화를 부르짖던 전쟁이 평화를 가져온 적이 없고, 정의를 앞세우던 전쟁이 정의를 이룬 적이 없다. 전쟁은 전쟁을 위할 뿐, 사람을 위한 일이 아니기 때문이다.

「15. 6. 23. 전에 전쟁나라!!」던 그 청년이 제대하면 전쟁과 무관해지는가. 아니지. 다른 전쟁이 그 청년을 기다리고 있다. '입시전쟁'을 치르고 입대·제대했으니 '취업전쟁'이 기다리고 있다. 그 전쟁은 필시 '스펙전쟁'일 것이다. 정규직은 힘들고 비정규직도 만만치 않은 시절에 하루하루 '교통전쟁'과 '출퇴근전쟁'에 시달리며, '눈치전쟁'과 '승진전쟁'을 수행해야 한다. 사이사이 '범죄와의 전쟁' 뉴스도 접하게 될 것이다. 이쯤 되면 사는 게 전쟁이다.

전쟁이란 말이 너무 거칠어 다른 말을 쓰니 '생존경쟁'인데 실은 '생존전쟁'이고, '적자생존' 또한 살기위한 전쟁이고, '약육강식'이란 얼마나 짐승 같은 전쟁이란 말인가. 위 말들은 원래 생물학적 용어인데 인간사회에서 버젓이 당연하게 쓰고 있다. 경쟁보다 협력, 독점보다 나눔으로 더불어 사는 세상을 만들지 않는 한 '소리 없는 전쟁'은 끝나지 않는다.

일)
일)
)
일)
일)

주는
교회

주는교회

언젠가 무료급식을 하는 사회사업가와 이야기를 하던 중에 내가
디자인한 어느 사찰(그 절은 목재 기둥과 기와지붕이 아닌 콘크리트
블록으로 지어져 전통적 사찰로 보이지 않는다) 이야기가 나왔다.
"어떻게 절을 콘크리트로 지을 수 있었어요?" "예, 그 절에서
건축가의 제안을 그대로 다 받아주었지요. 지금 짓는 절은 지금의
건축재료와 방식을 따르는 것이 온당하다. 그래야 시대정신을
반영한 이 시대의 절집이 된다. 기와지붕으로 하면 옛날 절이 되어
현대라는 의식이 없는 것이다, 했더니 그 생각을 받아주셨지요. 그게
다 주지스님의 안목이지요." 했더니, "주지스님이라고요? 세상에
주지스님이 어디 있어요. 절에서는 '주지'는 않고 '받기'만 하니 아마
'받지스님'이겠지요." 재치 있는 농담에 하하하!
얼마 후 그 사회사업가를 잘 아는 신부님과 이야기하던 중에 그 말을
화제로 올렸더니, 신부님 왈 "그 양반도 '받지'야!" 해서 다시 하하하!
웃은 일이 있었다. 가만히 생각하니 세상엔 주는 것보다 받는 것을
당연하게 여기는 경우가 많다. '받지스님' '받지목사' '받지선생'
'받지공무원' '받지정치인' 등이 대표적일 것이다.
길 가다 보았다. 「주는교회」
받는 교회가 아니라 「주는교회」(처음엔 주는교회가 주(主)=교회 아닐까
생각했다. 목사=교회 아닌 주=교회. 멋지지 않은가) 「주는교회」에선 무엇을
줄까. 믿음의 강건함은 스스로 찾는 것이니 교회에서 줄 수 없고, 아마
기도하라 믿어라 더 믿으라는 말을 줄 것이다. 그래서 절망에서 희망,
울음에서 웃음, 슬픔에서 기쁨으로 가게 된다면 신앙이 다른 이가
보아도 아름다운 일이다. 주는 것은 받는 것보다 어렵다. 나는 세상에
무엇을 주고 있는가.

주주총회

주주총회(株主總會)는 주식회사의 최고 의결기관으로 주주가
구성원이다. 주주는 주식회사의 주인이니 주주총회는 한마디로
주인들이 의사결정을 하는 것이다. 흔히 담합과 협잡으로 난투극이
벌어지는 주주총회가 있는데 점잖게 경영권을 내세우지만 실은 서로가
주인 노릇하려는 돈싸움에 다름 아니다. 그럴 때 주주는 돈 놓고 돈 먹는
물주에 다름 아니고.

길을 가다가 이상한 「주주총회(酒主總會)」를 보았다. 술집이다.
주주총회가 날마다 열리니 주인 참 좋겠다. 주(株)를 주(酒)로 한 글자
바꾸어 마술을 부리다니. 아무나 마시는 술에도 임자가 따로 있다.
바로 술값 내는 사람이다. 물주가 많이 드나들어 저 술집 늘 붐비길!
그리하여 「주주총회(酒主總會)」 시끌벅적 늘 화목하시라.

두 글자도 아니고 단 한 글자 바꾼 어느 회사 이야기. 회사는
회사인데 돈만 밝히는 주식회사(株式會社)가 아닌 예수 올바로 믿자는
주식회사(主式會社)가 있었다. '현존하는 어느 종파나 교파에도 소속하지
않고', '유형 무형의 재산을 일절 소유하지 않는' 실험교회를 꿈꾸며,
'지금 내게 없는 무엇을 바깥으로부터 구하려고 노력하는 대신, 지금
내게 있는 무엇을 이웃과 더불어 잘 써보려고 노력'하고, '예수, 그분의
가르침을 구체적으로 우리 삶의 현장에서 실습해보자는, 그 이상도
이하도' 아닌 멋진 사람들. 이름하여 '主式會社 드림'이다. 요즘 소식은

잘 몰라도 강건하시길! 오늘도 내일도 어제처럼 올곧은 마음으로, 세상을 위하여!

**즐거운
관광**

세상살이엔 마땅히 해야 할 일과 의례적으로 해야 하는 일,
마지못해 하는 일, 피하다 잡혀 하는 일, 억지로 하는 일 별별
일이 다 있다. 사적인 일을 벗어나 사회적 관계의 일까지
치면 크고 작은 일이 어디 한두 가지인가. 많고도 많은 일이
세상일이다. 세상일은 결국 세상을 구성하는 개인의 일이다.
활동·계획·행동·문제·형편·사정·상황·경험이 다 일이다.
어느 집안이나 대소사를 치르는데 웃는 일 궂은 일 가리지 않고 열
집에 아홉 집은 말다툼으로 마무리한다. 옳으니 그르니, 맞다 틀렸다,
서운하다 섭섭하다, 그러면 된다 안 된다, 말도 탈도 많은 것이
세상살이다. 여럿이 어울려 벌리는 큰일일수록 잔치의 시작은 싸움의
출발이고 싸움이 끝나야 잔치가 끝난다. 오죽하면 '싸움 끝에 정이
붙는다'고 위안을 하겠는가.

공식적인 행사는 내용이 좋든 나쁘든 순서대로 진행되고 끝난다. 특별한 감동이 있어도 그만 없어도 그만인 의례적 행사이기 때문이다. 의례적 자리는 결례만 아니면 시비가 없다. 전문 분야의 학술발표·토론회 자리는 객관적 연구의 연장이므로 개인 감정이 개입할 여지가 적어 보이지만 탁견을 접하게 되면 기분이 좋다. 사람은 '감정의 동물'이기 때문이다. 그 감정이 전적으로 영향을 미치는 판이 바로 놀이(감상·참여)판이다. 각종 예술분야의 발표·전시회를 접할 때 감흥을 받는 일은 얼마나 즐거운 일인가. 사는 맛이 절로 나는 일이다. 길 가다 「즐거운 관광」 버스를 보았다.

아, 관광의 의미를 한마디로 간파한 저 버스의 짐칸에는 얼마나 맛있는 음식이 들어 있을까. 아니면 얼마나 즐거운 선물이 들어 있을까.

지난 63年 동안

「지난 63年 동안
신일정미소(홍천방앗간)를
이용해 주셔서 감사합니다.
김병태·박순호 올림」

내 책을 읽은 독자들이 청하는 '저자와의 대화'에 가는 길에 보았다.
63년이란 세월 동안 문을 열던 업장이 문을 닫는다. 강원도 인제읍에
있는(있었던) 「신일정미소(홍천방앗간)」
63년이라니 세월이 만만치 않다. 63년 전이라면 1950년대 초반,
6·25전쟁이 멈춘 무렵이다. 세상이 궁핍하고 모두가 배고파서 부자도
고기 굽는 것을 조심하며 혼자서 배부름을 미안해하던 시절에 문을
연 방앗간이 문을 닫는다. 평생을 돌리던 방앗간 바퀴가 멈추는데
어찌 감회가 없겠는가. 아들 손자 며느리 다 키우고 맞고 보낸 인생이
그 방앗간에 있을 것이다. 웃으며 사랑하고 다투며 정들던 이웃과의
눈치도, 매운 고춧가루와 고소한 참깨기름과 어울리고 콩가루와
찹쌀가루가 어울려 버무려졌을 「신일정미소(홍천방앗간)」
일본에 있는 어떤 어묵집은 200년이 넘고, 유럽에는 100년 넘는
빵집이 흔하다고 말하면서 막상 이 땅에서 오래된 업장이 문을 닫을
때, 우리는 얼마나 무심하던가. '저자와의 대화'를 시작하기 전, 물었다,

「**김병태 · 박순호**」 어르신을 아느냐고. "편찮으셔서 문을 닫는다"는
답을 들었다. 두 분의 쾌유를 빌며, 방을 큰소리로 낭송했다. 이보다
짠한 시 만나기 어려우리라!

지난 63年동안

신일정미소(홍천방앗간)를

이용해 주셔서 감사합니다.

김 병 태 · 박 순 호 올림

지물포

지물상·지물전·지물포, 모두 '온갖 종이를 파는 가게'를 이른다. 가게
이름은 상(商)·전(廛)·포(鋪) 등으로 달리 불려도 취급하는 물품은
모두 종이(종이를 흉내낸 비닐은 종이의 자식이다) 종류다. 종이는 보이지
않게 우리의 생활을(하루가 이어져 1년이 되고…) 지배한다. 종이가
없다면 일상이(…축제 또한 일상의 부분임을 유념하시라) 기울 지경이다.
보자, 아침에 일어나 보는 신문부터 종이, 화장실에서 식탁까지 종이가
있고, 초등학생부터 박사까지 읽는 책도 종이, 주고받는 명함도 종이,
신분증·계약서·투표용지·은행통장·여권은
당연히 종이, 족보부터 삐라까지 종이로
만든다. 그 중 압권은 지화(紙花와
紙貨), 꽃과 돈. 꽃은 일상을
찬미하는데, 돈(紙幣)은
생활을 유지하는데 쓰이니
인생이란 종이에 휘둘리는

시간의 연속이다.

어떤 전문가가 말하길 디지털 시대가 되면 아날로그 시대보다 종이의 수요가 현저히 줄 것이다(그것은 헛소리였다). 디지털 시대가 되자 각종 프린트의 양이 더 늘어나 종이가 더 많이 소비된다. 종이로 만든 사물은 부지기수이고, 종이 가공술의 변화도 다양하다. 유리를 닮은 투명한 종이, 거울처럼 되비치는 종이, 알루미늄과 섞인 종이, 물속에서도 불지 않는 종이, 각목처럼 단단한 종이, 옷감처럼 질긴 종이…, 아, 변신에 끝이 없어라(그 끝은 앞으로 점점 더 멀어져 잡을 수 없으리라). 그러나 변치 않는 종이의 물성은 휘고, 접히고, 덮고, 싸고, 묶고, 찢고, 붙이고, 자르고, 둘둘 말 수 있는 자유로움(가벼움과 혼동 마시길, 물질로서의 종이는 매우 무겁다)에 있다. 아, 자유는 우리를 얼마나 윤택하게 하는가. 어느 시장 안 「**지물포**」 간판(몰라서 저리 쓴 게 아니다), 과연 종이의 자유로움을 꿰뚫었구나.

찌그러진 곳
복원

걸어가다 본 차도 위의 입간판. 처음엔 읽히지 않았다. 글자 아닌
그림으로 보였다. 다시 보니 세로로 쓰인 글자가 색깔별로 보였다.
사다리 타듯 징검다리 건너듯….

찌	찌
그	그
러	러
진	진
곳	곳
복	복
원	원

도로 위에서 영업하는 이동식 차량정비소의 이동식 입간판. 참
정성들여 썼다. 자동차의 찌그러진 곳을 글자 그리듯 그렇게 정성들여
펴주리라. 찌그러졌다는 것은 멀쩡하지 않음, 곧 정상이 아니란 말이다.
자동차도 그런데 사람은 오죽하랴.
동네에 조로증을 앓는 아이가 있었다. 또래 아이보다 열댓 살은 더 먹어
보이고 얼굴엔 주름이 깊었다. 또래와 어울리고 싶은 그 아이는 늘
따돌림을 당했다. 그 아이는 '쭈그렁탱이'라고 불렸다. 얼마나 마음이
아팠을까. 이사 간 그 아이, 어디서 살고 있을까. 주름은 펴졌을까.
사람은 모두 어느 한구석 '쭈그렁탱이'다.
스스로 펴지 못하는, 치유의 꿈.

창문에 붙은
신화

걷다가 활짝 열린 창문을 보았다(닫히면 안 된다는 듯 창문과 문틀 사이엔
뭔가를 끼워 놓았다). 숨 쉬거나 노래하고 싶을 때 열리는 창문. 울고
싶을 때 열리기도 한다. 속삭이고 싶을 때도 열린다, 수줍게. 보고 싶은
사람을 기다리는 눈이기도 하고, 누군가를 부르는 입이기도 하다.
스쳐가는 소문에는 귀가 될 때도 있다.
지금 저 창은 무슨 말을 하려는(들으려는) 것일까. 심호흡하듯 열어
무언가 외치고 있다. 혹시 창문에 새겨진 글자를 읽는지도 모른다.
경전일까, 주문일까, 비급일까. 휜 듯 휘지 않는 소리, 곧게 가는 빛처럼
직선으로만 그려진 그림 같은 문자 – 문자 같은 그림 – 무엇일까. 혹
사라진(나타날지도 모를) 문자 아닐까?
룬 문자(Runic alphabet) 알파벳 – ᚠᚢᚦᚨᚱᚲᚷᚹᚻᚾᛁᛃᛇᛈᛉᛊᛏᛒᛖᛗᛚᛜ
ᛞᛟ – 은 언뜻 보면 직선으로 그린 그림, 겹치거나 잇대면 추상화가
된다. 그림틀에 넣으면 한 폭의 작품이 된다.

ᚢᛞᚨᚱᚲ   ᚹᚾᚾᛁᛈᚹᛟᚤᚲᛜ

ᛚᛟᛜᛗ   ᚻᛁᛊᛊᚲᚤᛊᚾᚠᛗ

ᛊᛏᛒᛖ   ᛏᛒᛖᛗᛚᚲᚤᛊᛏᛒ

ᛁᛊᛊᚲᚤ   ᚲᚤᛊᛏᛒᚹᛟᚤᚲᛜ

−무제−   〈Work−1234A〉

일상 속(창문·그림)에 사라진(나타날지도 모를) 신화가 붙어 있다.

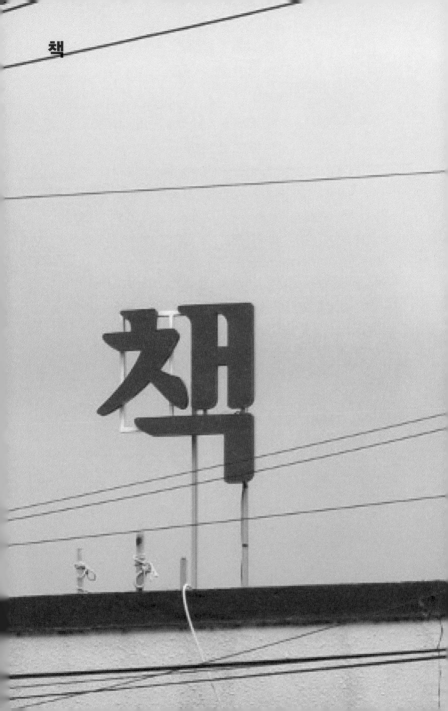

〲〲〲〲〲〲〲〲〲〲〲〲〲〲〲〲〲〲〲〲〲〲

영역을 표시하고 지키려는 단단한 경계, 울타리.

비밀의 울타리, 권력의 울타리, 경험의 울타리, 예언의 울타리, 믿음의
울타리, 불신의 울타리, 확신의 울타리, 미혹의 울타리, 불안의 울타리,
의문의 울타리, 고백의 울타리, 증언의 울타리, 허무의 울타리, 위증의
울타리, 죽음의 울타리, 생명의 울타리, 위로의 울타리, 과거의 울타리,
미래의 울타리, 지식의 울타리, 상상의 울타리….

모든 울타리는 유혹이며 미지의 초대장이다. 책을 읽는
것이야말로(금서의 유혹은 얼마나 달콤한가) 새로운 세계에 드는
경험이다. 겉은 넓어지고 속은 깊어진다. 책을 읽는 것은 낯선 사람을
만나 새로운 이야기를 듣고, 처음 가는 길이다. 무엇이라도 얻으니
세상에서 가장 싼 것이 책이다. 교훈을 얻으면 더 싸고, 깨달음을 얻으면

더더욱 싸다. 버려도 싸고, 읽으면(읽을수록) 더 싸(진)다. 비싸도 싼 것이
바로 책이다. 성기고 빽빽하고 단단하고 무르고 원하는 대로 변하는
위험과 자유의 접경인 울타리(柵), 책(冊)!
길에서 「책」 간판을 볼 때마다 빌려주고 돌려받지 못한 책이
떠오른다. 돌려주겠다고 하면서 돌려주지 않는 책도 있고 빌려가서는
잃어버렸다는 책도 있지만, 사정하며 빌려 가더니 빌려 간 적 없다고
시치미 떼는 경우는 참으로 야속하다. 그럴 때면 귀한 책을 울타리 안에
잘 간수하지 못함을 자책한다(누군가에게 읽히니 다행이라 여기는 마음은
아주 조금).
책을 읽는 것은 자신의 울타리를 허무는 일이다.

冊冊冊…冊…冊冊……冊…冊冊冊…冊…冊冊冊冊…冊…冊

최저속도제한

책을 읽다가 중요하다 싶으면 밑줄을 긋는다. 긋는 선의 형태와
필기구 종류가 사람마다 다양하다. 밑줄은 '문장 내용 중에서
주의가 미쳐야 할 곳이나 중요한 부분을 특별히 드러내 보일 때'
쓰는 문장부호 '_'의 이름이다. '_'은 책에만 쓰이는 것이 아니다.
교통안전표지판(규제표지)에서 '_'은 최저속도제한을 말한다.
고속도로에서 최저속도보다 느리게 주행하면 단속 대상이 된다. 실제로
최저속도를 위반한(규정속도보다 더 느리게) 차량에게 교통사고의 책임을
물은 판례도 있다. 자동차를 위한 도로에서 느림은 허용되지 않는
죄악인 셈이다. 최고속도와 최저속도를 알리는 표지판을 보면서 드는
생각.

밑줄은 있는데 윗줄은 왜 없는가.
고속도로는 있는데 저속도로는 왜 없는가.

초등학교 다닐 때, 운동회는 그야말로 축제였다. 학생만의 운동회가
아니라 학부모와 동네 어른이 다 같이 참여하는 축제(지역사회가
다 같이 어울리는, 지금 그런 풍정은 보기 어렵다)였다. 여러 프로그램
중에 잊혀지지 않는 것은 '자전거 느리게 달리기'였다. 서 있으면 안
되고 뒤로 가도 안되고 앞으로 가되 천천히, 가장 느림보가 이기는

'자전거 느리게 달리기'. "2009년 11월 15일 울산광역시 태화강 둔치 자전거도로에서 개최한 '2009 울산 자전거 대축전' 자전거 느리게 달리기 기록도전에서 30초 동안 5m 1cm를 주행"했다는 한국기록원의 기록이 실제로 있다.

천천히 읽어야 밑줄을 그을 수 있듯 천천히 가는 길에 깊숙한 풍경이 살아난다(주마간산은 얼마나 숨 가쁜 말이냐). 높은 산도 빨리 오르고 걷는 길도 뛰듯 걷는 수직과 질주를 자랑하는 시대, 거꾸로 저속도로를 만들어 느림을 자랑하고 즐기면 어떨까. 세계에서 하나뿐인 저속도로를 만들면 어떤가. 최저속도 아닌 최고속도에 윗줄을 긋는 저속도로 말이다. 서울서 부산 가는 길에 계절이 바뀌면 뭐 대수란 말인가.

축지법과
비행술

서울지하철 2호선 합정역 1번 출구 가까운 곳에 아마 20년도 넘었을 간판이 붙어 있었다(지금은 없다).

「축지법과 비행술」

지나며 볼 때마다 참으로 이상했다. 축지법? 비행술? 학원인가? 연구소인가? 아니 축지법이 배운다고(가르친다고) 되나, 비행술이라니, 사람이 정말 날 수 있나…. 일부러 찾아가서 물어 볼 생각은 않고 여전히 궁금해하던 중, 어느 날 신문에서 보았다.

'축지법과 비행술(The Ways of Folding Space & Flying)'

제56회(2015) 베니스 비엔날레 국제미술전에서 한국관에 전시된 작품이다. "국가적 경계가 허물어진 가상의 미래를 배경으로, 세상의 종말에 미술은 무엇을 할 수 있을까 질문할 것"이라는 설명에 이어 "축지법과 비행술은 미술과 전혀 관계없어 보이는 비논리적 개념이지만, 미술과 관련된 상징성을 갖고 있다. 물리적 법칙을 넘어서는 개념으로써 기존의 관념 체계, 우리가 사실이라고 믿는 것에 질문하는 데 예술의 역할이 있다(중앙일보 2015년 4월 10일)"고 말한다. '축지법과 비행술'이란 제목에서 도교적 개념인 축지법은 작품이 전시되는 이탈리아와 작품이 촬영된 한국이 겹쳐진다는 뜻으로 현대미술의 동시대성을 의미하며, 비행술이란 중력이라는 엄연한 현실을 벗어나고자 하는 인류의 오랜 염원이 예술의 목적과 비슷하다는 뜻을 담고 있다(경향신문 2015년 4월 10일).

「축지법과 비행술」을 예술로 이끌다니 기막힌 발상이다(혹시 그 작가들 작업실이 합정동 근처인가. 아니면 지나가다 보았을까. 아니 보지 않고 생각했을 것이다). 도술로서의 축지법과 비행술은 불가한 일이지만 예술로서의 그것은 가능하다. 생각하는 대로 땅을 접고 하늘을 날아가는 상상. 아, 예술이 바로 축지법이고 비행술이다. 그렇지. 예술이란 모든 '술'과 '법'에서 자유로워야 하는 것이리라. 자유로운 축지술과 비행법을 구사하는 것이 모름지기 예술일지니.

취한
건
바다

우리말 사전에는 술꾼을 '술을 좋아하며 많이 먹는 사람을 낮잡아
이르는 말'이라 풀고 있는데 결정적으로 부사 '자주'가 빠졌다. 자주
많이 마셔야 술꾼이다. 술에 종류 많듯 술꾼을 이르는 말도 여럿이다.

술고래: 술을 아주 많이 마시는 사람을 비유적으로 이르는 말.

술독: 술을 많이 마시는 사람을 놀림조로 이르는 말.

주당(주도·주배): 술을 즐기고 잘 마시는 무리.

주객(음객): 술을 좋아하는 사람.

주호(음호·주성·주인): 술을 잘 마시는 사람.

주선: 세속을 초월하여 술을 즐기는 사람

〈지조론〉으로 유명한 시인 조지훈(1920~1968)은 술꾼을 18가지 품계로
나눴으니, 9급이 불주(不酒) - 술을 아주 못 먹진 않으나, 안 먹는
사람 - , 9단이 폐주(廢酒) - 술로 말미암아 다른 술 세상으로 떠나게
된 사람 - 라 했다. 술(꾼)에 대한 이야기는 한도 끝도 없어 지금도
누군가는 마시고 취하고 누군가는 깨어나고 있을 것이다. 또 어떤
이는 '새 포도주는 새 부대에 담아야 한다'고 기도할 것이며, 어떤 이는
'흐린 주점에 혼자 앉아' 마시러 걸어가고 있을 것이다. 술꾼이 아무리
취하고 죽어도 술은 사라지지 않아 불멸이지만 황홀감은 절멸이다.

술은 오늘도 술꾼을 유혹한다. 술꾼들이 가장 듣기 싫어하는 말이 바로 '취했다'는 말이다. 그런데 「취한 건 바다」라니 술이 다 깰 말이다. 술맛 아는 시인의 절창이다.

성산포에서는 / 남자가 여자보다 / 여자가 남자보다 / 바다에 가깝다 / 나는 내 말만 하고 / 바다는 제 말만 하며 / 술은 내가 마시는데 / 취하긴 바다가 취하고 / 성산포에서는 / 바다가 술에 / 더 약하다 _'술에 취한 바다', 이생진 시집《그리운 바다 성산포》중에서

70
80
90

7080은 1970년대와 80년대에 20대를 보낸 세대, 2017년 현재
50대 초반에서 60대 중반에 이른 중장년층을 이르거나, 1970,
80년대에 유행하던 대중가요를 말하기도 한다. 방송 프로그램도
7080, 교양강좌에도 7080, 축제에도 7080, 빈곤노인을 위한 잔치에
7080에 '청춘'까지 붙이는 억지도 보았다. 7080이라면 왠지 아련하게
그리워하며 친근한 추억의 정서를 자극한다(그 자극에 반응한다는 것은
늙었다는 증거인데 대체로 그런 사람들은 늙음을 부정하는 증세를 보인다.
확실히 늙은 것이다). 7080이 흔하기로는 역시 술집과 노래방이다. 1970,
80년대의 독재정치와 경제개발에 몰두하던 시대적 경험을 나누며 소주
한 병에 노래 열 곡 부를 수 있는 곳으로 만만하기 때문일 것이다. 아니,
유혹일 것이다. 7080이라는 한정된 시절(시간)에 호소하는 유혹!
유혹의 수법이 남다른 간판을 본 적이 있다. 오래전 동해안 망상 -
妄想 아닌 望祥 - , 휴가 끝물 즈음의 해변은 한적했다. 식당은 모두
횟집뿐(포항, 동해, 부산, 제주…, 모두 바다에 닿는 지명이었다), 어느 집으로
가야 할까 둘러보는데 '충북횟집'이 눈에 띄었다. 아니 충청북도는 내륙
지방, 유일하게 바다에 접하지 않는 곳 아니던가. 바다와 먼 충북을
횟집 간판으로 내걸다니. 저런 집엔 가줘야 한다. 망설임 없이 들어가
앉자마자 물었다. 사장님, 고향이 충북이지요? "예, 해수욕장에 오신
분 중에 충청북도가 고향인 사람들이 주로 오시지요." 그것은 같은
공간(지방·고향)의 공감대를 자극하는 유혹 상술이다.

「70

  80

  90」을 본다. 7080과 90은 완전 정서가 다른 세대, 같이 있어도 잘
섞이지 못한다. 하지만 누구라도 오라는 유혹! 708090에서 누구라도
오라는 마치 '팔도횟집' 같은 심리를 읽는다.

콜롬비아보도육교

MONUMENTO DEDICADO A
LAS FUERZAS ARMADAS COLOMBIANAS
EN LA GUERRA DE COREA

카리브 바다의 정기를 타고난 콜롬비아의 용사들! 국제연합의 깃발을
높이 들고 자유와 평화를 위해 싸우다가 마침내 611명의 고귀한 생명이
피를 흘렸다. 우리는 그들을 길이 기념하고자 여기에 비를 세운다.
_콜롬비아군 참전기념 비문, 인천광역시 서구 콜롬비아공원

6·25전쟁에 남미국가 중 유일하게 군대를 보낸 나라가 콜롬비아.
육군 1개 대대와 해군함정 1척을 보냈다. 콜롬비아 군대는 후퇴를
모르는 용맹을 보였다고 한다. 콜롬비아 보고타 국방참모대학에는
다보탑 모양의 참전기념비가 있고, 카르트헤나 항구에는 거북선 모양의
참전기념비가 있어 두 나라가 서로 잊지 않고 있다. 당신은 다른 사람을
위해서 죽을 수 있는가. 참으로 어려운 일이다. 나는 자신 없다.
콜롬비아보도육교는 경인고속도로 위에 놓여 있다. 고속도로와
방음벽이 갈라놓은 양쪽 동네를 이어주는 유용한 다리다. 콜롬비아가
우리를 도왔듯이. 콜롬비아군 참전기념비 주변은 늘 내기 장기·바둑을
두고 막걸리 마시는 노인들로 붐비지만 그 풍정은 왠지 쓸쓸하다. 오늘!
콜롬비아 커피 한 잔을 마실 때, 어제! 그들이 흘린 피를 기억하자.

콜롬비아보도육교

타이소

동서울종합터미널 흡연실 창에서 보았다.

「타이소」

처음 볼 때, 경상도 사투리인 줄 알았다. 「타이소」? 타긴 뭘 타?(담배
피우며 해찰하지 말고 얼른 버스 타!). 알고 보니 '타인을 배려하고 이롭게
하는 곳'이란다. '타인을 배려'하는 일은 자상하고, '타인을 이롭게 하는'
마음은 얼마나 아름다운가. 정해진 곳에서 흡연을 하면 담배를 피우지
않는 사람에게 피해를 덜 준다는 말, 흡연실의 명칭으로 적절하기 짝이
없다. TAISO라 쓴 것은 뭔 말인지 이상하지만 한자로는 틀림없이
他利所일 것이다. 타이(他利)는 이타(利他), '자기의 이익보다는 다른
이의 이익을 더 꾀함'이다. 불가에선 '자기가 얻은 공덕과 이익을 다른
이에게 베풀어 주며 중생을 구제하는 일'을 이르니, 애타 또는 타애
나아가 무아와 통한다. 그것이 모두 마음에서 생기고 행하니 이타심,

애타심이라 한다.

아! 「타이소」를 보니 이타심(그 반대가 이기심이다)이 사람 사는 삶터(도시와 시골 가리지 않고) 여기저기에 이루어지면 얼마나 좋겠냐는 꿈을 품는다. 업무적 기능과 상업적 목적에만 복무하지 않고 주변과 이웃의 상황을 먼저 배려하는 건축이 진정한 「타이소」라고 여겨지는 탓이다. 더운 계절엔 그늘을 드리우고, 추운 날에는 바람을 피하게 하며, 볼일이 급한 사람에겐 걱정을 덜어주며, 지나는 이를 잠시 앉게 하려는 마음이 곧 건축이어야 한다. 그런데 그런 건축을 보기 힘든 이유는 무엇일까. 건축을 자꾸만 구조물 또는 시설물로만 보기 때문이다. 건축은 기능을 담는 공간만이 아니라 점유하는 지표를 새로운 지형으로 만드는 일, 즉 새로운 장소를 일구는 일이다. 그런 건축이야말로 '대지에 내리는 축복'일 것이다. 「타이소」의 소(所)가 바로 그 터일지니.

튀기리

릿자로 끝나는 이 노래 안 부르고 큰 사람 어디 있을까.

리리 리자로 끝나는 말은/ 괴나리 보따리 댑사리 소쿠리 유리항아리
리리 리자로 끝나는 말은/ 꾀꼬리 목소리 개나리 울타리 오리한마리
_'릿자로 끝나는 말은', 윤석중 작사

괴나리 댑사리 뜻을 몰라도 곡조와 노랫말이 입에 붙는다. 이 노래는
다른 노래와 달리 이야기를 구성하지 않는다. 그저 릿자로 끝나는
명사만 연결될 뿐이다. 명사만 이어 노랫말을 지은 이의 솜씨에
탄복한다. 상상력으로 태어나는 것이 노래(곡과 말)임을 새삼 느낀다.
길을 걸으며 (원치 않아도) 읽고 보게 되는 간판(상호)도 그렇게
노랫말처럼 이어지면 안 될까. 그 가능성을 보았다. 종결어미 리로
업종을 나타낸 튀김집 상호 「튀기리」가 그것이다. 때론 갑남을녀의 생활
속 해학이 언어의 미학을 초월한다. 과연 「튀기리」는 튀김집 상호로
안성맞춤이다. 노래처럼 이어지는 간판을 생각한다. 걸으면 저절로
노래가 되는 그런 길을 꿈꾼다.
「튀기리」 옆에 생선구이집은 구우리, 닭갈비집은 볶으리, 수육집은
삶으리, 빈대떡집은 부치리, 젓갈가게는 담그리, 노래방은 부르리,
안경점은 보이리, 신발가게는 신으리 아니면 걸으리, 조명가게는

빛나리, 건설회사는 지으리, 미술학원은
그리리, 속셈학원은 셈하리, 영어학원은
말하리, 한의원은 침노리, 김밥집은
말으리, 꽃집은 피우리, 복권방은
꿈꾸리, 책방은 읽으리, 애견센터는
키우리, 이발소는 깎으리 아니면 자르리,
미장원은 가꾸리, 화장품가게는 바르리,
여행사는 떠나리, 모텔은 쑥쉬리,
주유소는 넣으리, 사진관은 찍으리,
세탁소는 빨으리 아니면 다리리,
자동차수리점은 고치리….

리리 리자로 이어진 길은/ 걸으리
찾으리 읽으리 말하리 우리웃으리
리리 리자로 이어진 길은/ 주우리
쓸으리 치우리 닦으리 거리빛나리

펄럭이는

어느 교육지원청에서 주최한 행사(저자와의 만남)에 초대받아
고등학생과 어울리며 묻고 답하는 즐거운 시간, 강의실 밖에는 여러
나라 국기가 흔들리고 있었다. 흔들리는 깃발이 눈으로 들어오니
마음도 따라서 나부끼더라(참 어이없게도 국기를 높이 달면 행복한 나라가
되고, 더 높게 달면 더 선진국이 되고, 달린 국기의 높이대로 강대국이 될 수
있다면 좋겠다 나쁘겠다. 좋을까 나쁠까… 하는 생각이 왔다 갔다 했다. 순간
내가 고등학생보다도 더 어리다는 생각이 들었다).
태극기 아래, 일장기가 단풍잎 기를 가리고 왼쪽으로 영국의 유니온 잭,
중국의 오성홍기, 그리스의 바다의 기, 브라질·이탈리아·아르헨티나·
미국·나이지리아 국기가 걸려 있다. 더 멀리 이스라엘·스페인·터키의
국기도 보인다(보면 금방 아는 국기도 있지만 나중에 찾아본 것도 있다).
한 나라를 상징하는 국기는 문자를 대체한다. 성조기는 미국이란
글자보다 더 쉽게 아메리카합중국을 드러내고, 작은 유니언 잭이
들어간 국기를 보면 영연방국가임을 알 수 있다. 국기는 문자보다 앞서
말하고 흔들리는 깃발은 문자보다 우렁차다. 바람이 불면 노래하고
바람이 잦으면 조용히 허공에 기댄다. 국기는 희극(경축)과 비극(추념)에
같이 쓰이는 국장, 웃음과 울음 사이를 메우는 상징이어라.
가만히 되짚어보니 다녀본 나라의 국기도 알고 기억나는 게 많지
않더라. 그나마도 강대국, 선진국, 역사 오랜 나라, 관광자원 많은

나라뿐이더라. 아, 국제적으로 힘 없고, 내전에 휩쓸리고, 가난한
나라의(미개발국가라고 부르지 말자. 개발이 찬미할 일만은 아니므로)
국기를 찾아봐야겠다. 수단의 국기는 왼쪽의 녹색삼각형과 만나는
가로 세 줄이 적·백·흑색이고, 말라위 국기는 적·흑·녹색의 가로 세
줄에 가운데 백색으로 빛나는 태양이 그려져 있구나. 시리아 국기는
적·백·흑색 가로 줄 가운데 녹색별 두 개가 그려져 있구나. 축제에
흔들리는 만국기의 웃음 뒤에 안 보이는 슬픔은 얼마나 많던가.

평화반점

노동운동가 전태일은 온몸에 석유를 붓고, "근로기준법을 준수하라! 우리는 기계가 아니다!" 외치며 자신의 불타는 육신을 천국으로 가는 등불로 삼았다. 1970년 11월 13일이었다. 얼마나 뜨겁고 원통했을까. 그런데 말이다, 그의 일터가 '평화시장'이었다. 악몽의 노동현실과 반대로 얼마나 아름다운 이름인가, 평화(平和)!

사전을 찾아본다. 평화의 반대말: 전쟁·불안·혼란, 비슷한 말: 화목·화합·화평·안정·안온·안전·평온. 한마디로 안 싸우는 것이 평화다(집안·동네·지역·국가·세계, 평화의 본질은 같다). 뭐든 이기려고 '싸움의 기술'에 목매는 사고방식의 평화는 언제나 불안하다. 평화를 바랄수록 다투지 않는 기술, 싸움을 피하는 기술, 져주는 기술이 필요하다.

제주시 아라동을 버스 타고 지나는데 눈이 번쩍, 범상치 않은 중국집, 「平和飯店」

흔들리며 사진 찍고, 집에 와서 찾아보니 전국에 쫙~, 평화를 내건 중국집이 참 많더라. '평화'의 맛이 어떠한지 평화반점 순례를 떠나고 싶다. 맛보는 메뉴는 한 가지 짜장면이 좋겠다('가능한 메뉴 통일하여 조국통일 앞당기자'는 현수막을 어떤 중국집에서 본 적이 있다. 그럴 때는 보통 짜장면으로 '통일'된다). 부산 서2동 평화반점, 울산 학성동 평화반점, 목포 무안동 평화반점, 광주 신안동 평화반점, 전북 무장면 평화반점,

여수 광무동 평화반점, 사천읍 평화반점, 안강읍 평화반점, 대구에는
신암동·평리동 두 곳에 평화반점, 아산시 신창면 평화반점, 강원도
정선읍 평화반점, 원주시 관설동 평화반점, 안산시 상록구 평화반점,
서울 강북구 미아동 평화반점. 아, 익산시 평화반점은 평화동에 있구나.
그럼, 전주시·김천시·안동시·창원시·군산시 평화동에도 평화반점이
있을런지. 이 땅에 평화! 또한 「평화반점」과 함께!

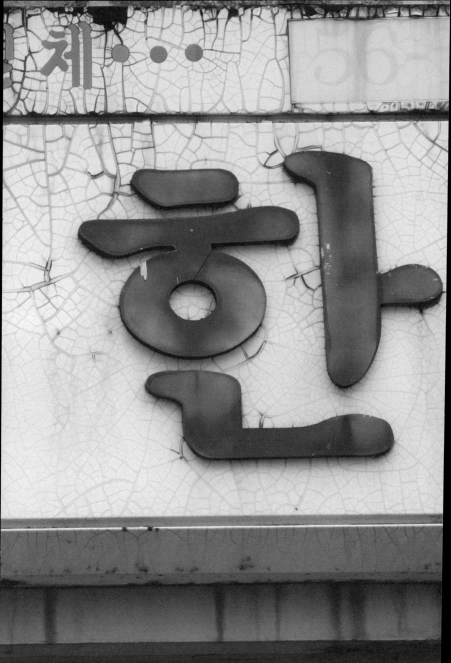

제주도에 일 보러 갔다가 자투리 시간에 시내를 어슬렁거리는데 어떤 한약방 간판에 인삼과 녹용이 보약! 보약의 왕자가 여기 있소, 외치고 있더라. 눈길 주는 이 아랑곳없이 나이 먹은 간판이 마치 연대 먹은 고서화를 보는 듯, 철판 위에 칠해진 페인트는 '산 진 거북이' 등판, 백 살 먹은 소나무 껍질을 닮은 실금을 긋고 있어, 아, 어찌 보면 하늘에서 내려다본 들판의 논두렁 같고 물길 같고 분청사기 겉의 덤벙 무늬 같기도 하네. 아, 나뭇잎의 잎맥도 저렇듯이 생겼지.

실금은 가닥 아(Y)로 시작하지
하나에서 둘로 셋으로 갈라지며
이유 없이 새끼친 금 하나 없지
한라산 눈길 걸어간 발자국처럼

두무악에서 자란 산삼과 백록담(白鹿潭)의 단물 마신 흰 사슴이 남겼을 녹용. 보약의 왕자를 앞세우고 지나는 빛과 바람이 간판에 실금을 새겨 놓았네.

한국은행

은행(銀杏)과 은행(銀行)은 발음이 같아 "돈 필요하면 은행 털자"는 우스개도 있다. 중국이 원산지인 은행나무는 우리나라 가로수 중에 가장 많이 심어져 있다. 익은 열매 껍데기에서 구린내가 나지만 알맹이는 맛있다. '살아있는 화석'으로 불리는 은행나무는 학문·학자를 상징한다. 공자가 은행나무 아래에서 제자들을 가르쳤다는 고사에서 행단(杏壇: 학문을 닦는 곳)이란 말이 생겼다. 필시 그 은행나무 줄기 높고 가지 넓어 깊은 그늘을 품었을 것이다(가을이면 허공을 노랗게 물들이는 거목, 특별한 자태였을 것이다).

현재 특별히 천연기념물로 지정된 은행나무는 스물한 그루, 제30호 양평 용문사 은행나무(1100년, 42m) / 제59호 서울 문묘 은행나무(400년, 26m) / 제64호 울주 구량리 은행나무(500년, 22m) / 제76호 영월 하송리 은행나무(1200년, 29m) / 제84호 금산 요광리 은행나무(1000년, 24m) / 제165호 괴산 읍내리 은행나무(1000년, 16.4m) / 제166호 강릉 장덕리 은행나무(800년, 24m) / 제167호 원주 반계리 은행나무(1000년, 32m) / 제175호 안동 용계리 은행나무(700, 31m) / 제223호 영동 영국사 은행나무(1000, 31m) / 제225호 구미 농소리 은행나무(400년, 21.6m) / 제300호 금릉 조룡리 은행나무(500년, 28m)/ 제301호 청도 대전리 은행나무(400년, 30.4m) / 제302호 의령 세간리 은행나무(600년, 24.5m) / 제303호 화순 야사리 은행나무(500년, 27m) / 제304호 강화 볼음도 은행나무(800년, 24m) / 제320호 부여 주암리 은행나무(1000년, 23m) / 제365호 금산 보석사 은행나무 / 제385호 강진 성동리 은행나무(800년, 32m) / 제402호 청도 적천사 은행나무(800년, 28m) / 제406호 함양 운곡리 은행나무(1000년, 30m)가 있다.

한국은행을 보다가 천연기념물인 은행나무를 생각한다. 그것은 모두 한국의 은행나무다.

할 수
있습니다

할 수 있

습니다

'내적 치유 직접 할 수 있습니다', '당신은 할 수 있습니다', '할
수 있다고 믿으면 당신은 할 수 있습니다', '한 시간 더 행복할 수
있습니다', '사랑만이 우리를 구원할 수 있습니다'라는 책은 책방에서
살 수 있다. '일본 여자친구 사귀기 나도 할 수 있다', '나나 너나 할 수
있다', '우리말 할 줄 알면 영어도 할 수 있다', '당신도 동물과 대화할 수
있다', '작곡 나도 할 수 있다', '당신도 무역을 할 수 있다', '나도 롱런 할
수 있다', '나도 카레이싱을 할 수 있다', '나도 재테크 할 수 있다', '그도
했고, 그녀도 했다면 당신도 할 수 있다', '그럼에도 불구하고 할 수
있다'는 책도 책방에서 살 수 있다.

제목만 읽어도 존댓말과 반말은 어감이 다르다. 반말은 친근한 격려 –
하지만 늘 기분 좋은 것은 아닌 – 로, 존댓말은 정중한 권유로 들린다.
일상에선 도처에 반말의 '금지'가 넘친다. 우리는 '금지'를 당연하게

받아들인다(무서운 집단 무감각이다). 금지를 뜻하는 말을 긍정적

표현으로 할 수 없을까. '떠들지 말 것'은 '조용히 할 수 있습니다',

'뛰지 말 것'은 '걸어갈 수 있습니다', '촬영금지'는 '눈으로만 볼 수

있습니다' 같이.

어떤 출판관련 전시회에 갔더니 전시된 내용과 같은 인쇄물을 종류별로

갖추어 놓고는 '누구나 가져갈 수 있습니다' 해서 챙겨 오는데 마치

귀한 작품을 얻은 듯 흐뭇하더라.

주택가 어느 집 차고 입구에서 보았다.

「저녁 7시에 차가 들어오니 그 전에는 주차하셔도 됩니다」

걸어가던 중이었는데 집으로 돌아가 차를 가져다가 6시 59분까지

세워놓고 싶더라. 얼굴도 모르는 사람인데 인사하고 싶더라. 나는

남에게 무엇을 「할 수 있습니다」 말할 수 있을까.

행복을 주는
교회

교회 이름 중에 가장 많고 흔한 것은 교회가 위치하는 지역의 명칭을 붙인 것이다. 그것은 교회 전통에 부합하며 정상적이다. 하지만 급격한 교세 확장으로 같은 지역(동네)에 많은 교파의 교회가 들어서니 같은 지역명을 여러 교회가 쓰는 것이 어렵게 되었다(같은 동네이름 뒤에 제일 제이 제삼 제사… 등을 붙여 불리는 교회를 원치 않는 것 같다). 각 교회는 더 많은 신자를 모으기 위해 경쟁적 또는 상업적인 수단으로 교회 이름을 독특하게 만들기 시작했다(교회 이름에 형용사·동사·수식어를 사용하는 것은 적절치 않다는 신학적 비판에도 불구하고).

'아름다운 교회' '좋은 교회' '사랑하는 교회' '누구나 교회' '가까운 교회' '재미있는 교회' '큰 교회' '잘되어가는 교회'도 있다. 탄성을 지르는 '와~ 우리 교회'는 경기도 화성시 봉담읍 와우리에 있다. 영어식 이름 '밀레니엄 교회' '웰빙 교회' '인앤아웃 교회' '마라톤 교회' '파워풀 교회' '패스워드 교회' '헤븐 교회'도 있고, '모이고, 자랑하고, 이끌어 주며, 크는 교회'를 줄인 영어 같은 영어 아닌 '모자이크 교회'도 있다. 재미있기로는(의미는 더 심오한) 이만한 이름이 없을 듯한 '하나님이 디자인하신 교회'도 있다.

「행복을 주는 교회」를 보았다. 행복을 느끼는 것은 사람마다 다 다르다. 저 교회는 사랑도 건강도 돈도 명예도 사람마다 원하는 행복이란 행복은 다 주는 교회인가 보다. 스스로 행복하다 여기는 사람에게는

이미 행복이 필요 없다. 행복이란 불행한 사람에게 필요한 위안이다.
불행한 이들은 잘 보이지 않고 멀고 외진 곳 여기저기 숨어 있다. 그런
곳을 찾아가려면 구르는 바퀴가 제격이다. 제 발로 찾아다니며 행복을
주다니…, 얼마나 반가운가. 「행복을 주는 교회」의 바퀴여, 힘차게
굴러라.

헤어지지 마

어느 미용실에 간판이 두 개 붙었다.

측면 간판은 세로,
'헤

어

지지마'   전면 간판은 가로,「헤어지지마」

세로 간판의 '헤어 지지마'는 머리를 아름답게 손본다는 뜻. '지지마'는
자신감이 넘치고 단호한 선언. 가로 간판「헤어지지마」는 이별하지
말고 잘 사귀라는 충고, 연애와 관계의 경험이 묻어나는 자상한 권유로
들린다. 마치 나란히 앉아 같은 곳을 바라보며 대화하듯「헤어지지마」
가로와 세로, 세로와 가로, 방향을 바꾸면 의미도 달라진다. '헤어
지지마'와「헤어지지마」가 만나 짜내는 옷감. 옷감은 서로 다른 방향 –
가로와 세로 – 이 만난 직조의 결과.
미장원·미용실·헤어살롱·헤어숍·뷰티살롱…, 어디서든 머리를
만지는 일은 머리카락의 방향을 손보는 일이다. 머리카락의 타고난
방향을 더 강조하거나 잘 바꾸는 것이 – 반듯한 머리카락을 휘고,
감고, 말고 원래 굽은 머리카락은 펴는 – 솜씨다. 그러니 다양한
헤어스타일이란 다채로운 방향의 변화가 주는 형태에 다름 아니다.
지진다는 것은 의도된(한) 방향과 헤어지지 않고(게) 오래 가려는
다짐이구나.

화살표1

화살표는 단순한 부호를 넘어 문자가 된다. 원심력을 말하고 구심력도
그려낸다.

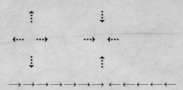

→→→→→→→ ←←←←←←

먼 길 행군하듯 가다가, 돌아오기도 하고

↑ ↑ ↑ ↑ ↑ ↑   ↓ ↓ ↓ ↓ ↓

가로수처럼 서 있다가, 처박히기도 하지

→←, ←→, ↓ ↑, ╲╱, ╱╲

사사건건 다투고 외면하는 경우도 있지.
사람은 누구나 스스로에게 묻고 답하지. 스스로가 스스로에게 방향인
셈이지.
화살인 셈이지.
활인 셈이지.
세상을 향해 날아가는(갈) 내 마음속의 화살! 속도보다 방향이 중요한
화살표! 잘 그려야하지. 잘 살펴야하지. 뾰족할수록 남 아닌 자신에게
쏴야지. 물어야지. 나는 누구인가?

화살표 2

화살표는 부호지만 문자로도 쓰이니 문자 아닌 문자다. 화살표는
그림이라서 글공부를 하지 않고도 안다. 평평한 몸통(-)에 뾰족한
머리(〉)를 붙이는 것(→)이 일반적이다. 화살의 모양을 본떴기에
화살표라 하지만 다르게 보면 물고기 모양을 본뜬 것이라는 생각도
든다. 화살촉과 물고기 머리는 그 모양이 비슷하다. 화살과 물고기는
빠르게 잽싸게 움직이고 가늘고 뾰족한 꼴이 닮았다. 보라, 물고기
모양의 화살표(⌒)는 얼마나 유연해 보이는가. 화살을 닮은 화살표가
행진하는 모습은 생각 없는 병사들의 행군(→ → → → →) 같지만,
물고기를 닮은 화살표의 유영은 노래하며 추는 춤(⌒ ⌒ ⌒ ⌒ ⌒)같다.
물고기를 닮은 화살표는 낚시바늘(⌒)처럼 보이기도 한다. 물고기를
닮은 화살표 중에 까칠한 것은 잘 발라먹고 뼈만 남은 생선구이
화살표(〉& ⌇⌇)가 아닌가 싶다. 화살표는 화살에서 온 것이 아니라

사람의 손(☞ & ☞)에서 온 것이라고 말하는 이도 있다. 화살표가
화살에서 왔는지 물고기에서 왔는지 손가락에서 왔는지는 분명치
않지만 아주 오래전(문자가 만들어지기 이전)부터 사용된 것은 분명하다.
방향을 안내·지시하는 데 화살표를 따를 만한 부호·문자가 없다. 갖은
모양의 화살표에서 여러 말을 듣(느끼)는 것은 화살표를 보(읽)는 또
다른 재미다.

>>>>>>>   ⇧   ↑↑↑   ✈   ↔
포개진 생선머리   ⇦ ⇨   울창한 숲(森)   날아가는 화살   새
                    ⇩
              동·서·남·북

회바라기

바라기는 크기는 보시기만 하고 아가리가 더 벌어진 그릇, 작게 만든 대접 비슷한데 뚜껑과 같이 쓰면 쓸모가 짭짤하다. 그 바라기에 말도 담는다. 태양을 담으면 해바라기, 꽃을 담으면 하늘바라기, 별을 담으면 개밥바라기, 먼 산을 담으면 먼산바라기, 다시 그 산이 나를 보니 맞은바라기… 어디 풀, 바람, 하늘에만 바라기가 있을까. 강원도 양양 미천골, 물맛이 어찌 다른지 정신을 들게 하는 약수터 이름은 불바라기(물맛이… 불 같다는). 서울 동북쪽 끄트머리 창골에 가뭄 들면 하늘만 쳐다보던 마을 이름이 바라기들이었지. 그러고 보니 바라기란 소중히 간직할 마음이거나 하염없이 기다릴 시간이구나.

「회바라기」를 본다.

청춘시절에 만난 친구의 고향, 강원도 어느 바닷가 마을에 간 적이 있다. 서울에서 온 아들 친구를 마냥 예뻐하시는 어머님이 회를 떠주시는데 살점은 주먹만 하고 콩고물에 버무려 바라기에 담아주시며, "회로 배 채우려면 이리 묵어야 하는 기다. 접시에 깔린 회는 얇아서 언제 배가 부르겠나. 실컷 묵으라." 하시던 어머님. 이제 꼬부랑할머니 되셨는데 가볍지도 못하고 멀리서 마음으로만, 어르신의 건강바라기, 장수바라기. 저 「회바라기」는 필시 '해바라기'의 마음을 담았을 게다. '비오는 날은 회를 먹지 않는다'는 속설은 근거가 없지만, 아무래도 비가 오면 횟집에 손님이 주니 맑은 날이 더 좋아라.

그렇구나, 회도 해를 기다리는구나.
해를 기다리는 「회바라기」

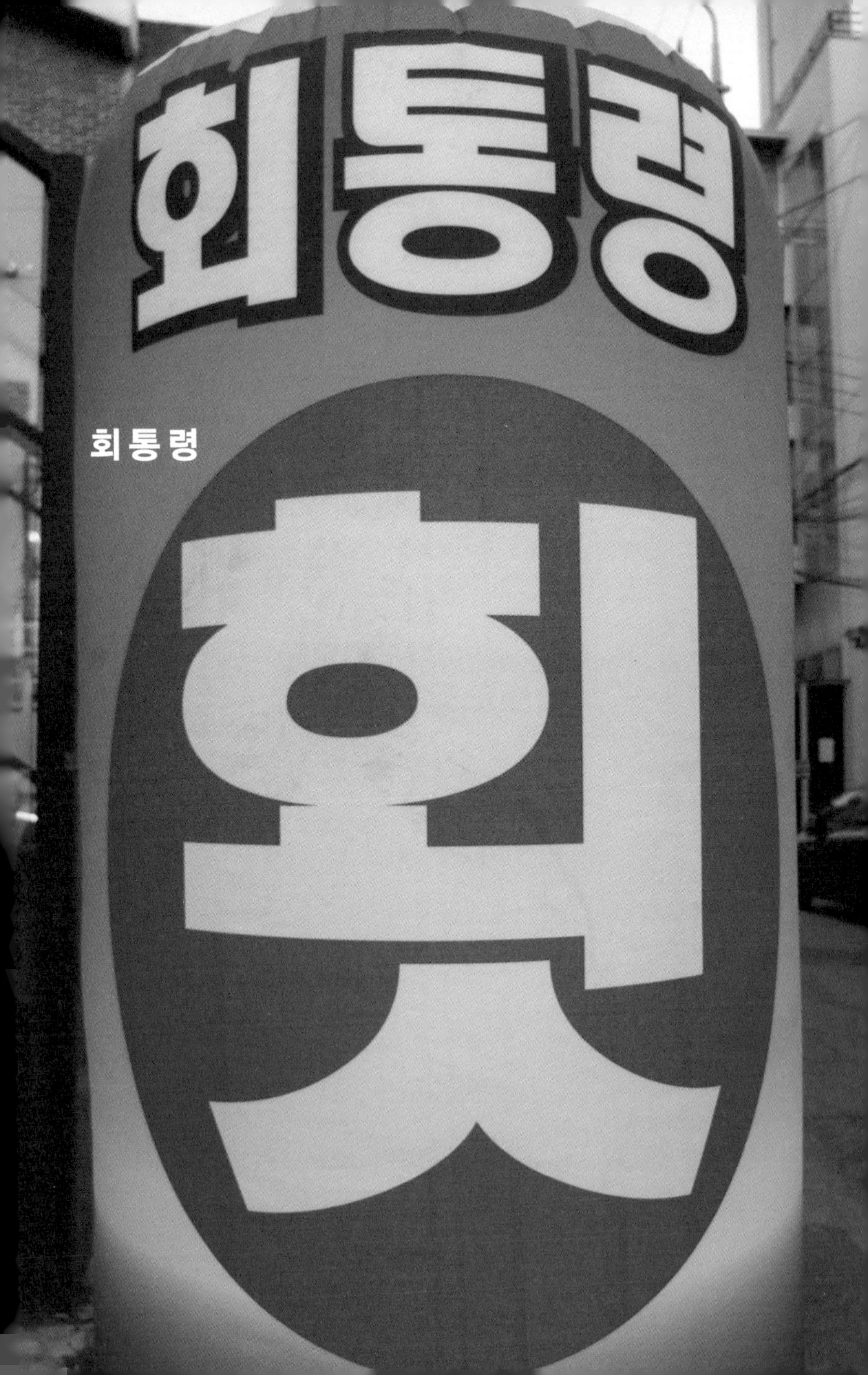

회통령

'생선회를 전문으로 파는 집'을 회집이라 하지 않고 횟집이라 한다. 뒷말에서 된소리가 나기에 [회: 찝/휃: 찝]으로 발음되기 때문이다. 길 가다 본 간판의 표기가 얄궂다. '회'를 '횟'이라 적은 집의 상호는 「회통령」이다. 짐작컨대 「회통령」의 '통령'은 대통령의 통령에서 왔을 것이다. 통령(統領)은 '일체를 통할하여 거느림. 또는 그런 사람'을 말하니 대통령은 통령 중에서도 으뜸인 우두머리다. 거느릴 통(統)에 거느릴 령(領)이니 거느리고 또 거느린다는 말, 그 앞에 큰 대(大)자가 붙으니 거느리고 거느리고 또 거느리는 거느림(거꾸로 거느림을 받는 입장에선 거북하고 또 거북함)의 극치다. 대통령은 국민에 의해 선출되어, 국민에게서 나온 권력을 대리하여 대표하는 한시적 직책이므로 큰 대(大) 아닌 대신할 대(代)를 써 대통령(代統領)이라 써야 할 말이다(대통령 후보 중 누군가 선거공약으로 내걸고 그렇게 쓰기를…). '회통령'은 회 중에서 가장 좋은 회를 판다는 뜻일 것이다(좋은 회를 값싸게 판다고 여겨 주기를, 가격대비 회가 좋다고 여기시라는 주인의 마음이 읽힌다). 횟집 중에서 으뜸이라는 자부심이기도 할 것이다. 어쨌든 회통령은 회와 통령이 붙었으니, '회통령=회+통령'이다. 슬그머니 통령놀이를 해보자. 소고기를 파는 집은 소통령, 닭집은 닭통령, 불고기를 파는 집은 불통령, 술집에는 술통령, 식당은 밥통령, 제과점은 빵통령, 떡집은 떡통령, 보신탕집은 개통령, 꽃집은 꽃통령, 카센터는 카(車)통령, 약국은 약통령, 병원은 병통령, 한의원은 침통령, 출판사는 책통령, 복덕방은 집통령….

독재시절에 박정희 대통령을 줄여 '박통'이라 하고, 전두환 대통령은 줄여 '전통'이라 했다(쿠데타로 집권하고 부패한 대통령으로 역사에 기록되는 '전통'은 수천억 원의 뇌물을 먹었으니 전(全)통 아닌 전(錢)통이 어울린다). 줄이면 회통령은 '회통'일 것이지만 회통엔 여러 뜻(回通·會通·蛔痛·灰筒)이 있으니 함부로 줄일 일이 아니구나.